在银子闪光的年代

阿华 唐果 唐小米 灯灯 著

长江出版传媒
长江文艺出版社

灯灯 主编

图书在版编目（CIP）数据

在银子闪光的年代 / 灯灯主编. --武汉：长江文艺出版社, 2022.6

ISBN 978-7-5702-2564-4

Ⅰ. ①在… Ⅱ. ①灯… Ⅲ. ①诗集－中国－当代 Ⅳ. ①I227

中国版本图书馆 CIP 数据核字(2022)第 036905 号

在银子闪光的年代

ZAI YINZI SHANGUANG DE NIANDAI

责任编辑：胡　璇　　石　忆　　　　责任校对：毛季慧

封面设计：祁泽娟　　　　　　　　　责任印制：邱　莉　　王光兴

出版：长江出版传媒 | 长江文艺出版社

地址：武汉市雄楚大街 268 号　　　　邮编：430070

发行：长江文艺出版社

http://www.cjlap.com

印刷：湖北新华印务有限公司

开本：880 毫米×1230 毫米　　1/32　　印张：7.25　　插页：4 页

版次：2022 年 6 月第 1 版　　　　2022 年 6 月第 1 次印刷

行数：2951 行

定价：58.00 元

序：随意道来

周所同

A. 四个姊妹因诗结缘，远隔天南地北，好得像一个人。前不久，不知谁一声招呼，她们便一路飞机、火车呼啸而来，衣袂飘飘聚到了海边；似乎不见一面，难以排遣思念、牵挂之苦；又像孩子分到过年的糖果，早就盼望着这一天呢。羡慕她们纯真的友谊，我在留言区祝福她们：在银子一边闪光一边生锈的年代，这种友情因稀有更加珍贵。真是至纯至爱至情的孩子，未及几天，她们就以“在银子闪光的年代”为题，决定编辑出版四人合集了。显然，诗集名称所蕴含的寓意是多向的，既表明为诗为人之态度，又以一致方式见证她们的友谊；在当下，敢于以无用之诗抵抗俗世侵扰，恪守不事喧哗、浮躁及名利诱惑的立场，拒绝为歧义与偏见所左右；一心一意喂养着心中小鸟，甘愿做着世间最慢的事情。这种舍弃之后的选择，对于年华正好、禀赋不俗、才气过人的几位女诗人而言，实在难能可贵。我得赶紧说出她们的名字：阿华、唐果、唐小米、灯灯；先后都参加过“青春诗会”，是新时期以来，令人瞩目的优秀诗人；都以各自的诗歌品质、独特的个性风格，以及风雨不动、孜孜以求的精神，为诗歌界所熟知与称道。

B. 我是一边依次读她们作品，一边记下这些感受的。没有什么理论谱系，也不在意秩序、逻辑约束，像即兴随意交谈，想到哪说到哪。引经据典的那类评说，是专家偏爱的，我只是一个读者，把读到想到的说出来，大约就可以了。记得与灯灯有过交流，都认为诗人一生最重要的事，就是寻找自己。什么时候找到了，才具备与别人区别的可能；灯灯进一步强调，寻找、相遇又分离，突出了不断创新的要义；诗人一生必须跨越的障碍，看你是否有能力将日常情感上升为审美情感；这个过程漫长而复杂，全面检验着诗人的综合实力。即便是天才诗人，尽管有先于他人的冥想与直觉能力，但为诗该做的功课，一样不能少；大致也要经历由盲目写作，到自觉写作，才能达到自由写作之境界。之所以重复这些人所共知的常识，旨在说明我就是凭此阅读，并认知一个诗人及其作品的。当然，诗人的作品，首先要达到仁智互见的层面，只有进入这个层面的作品，才能有效避开写作过程中，那些多余的枝蔓和无效的劳动；才能涉及审美意义，才能遇到一个诗人应有的美学追求与精神气象。

C. 接近生活的朴素与真实，是好诗标准之一。阿华的系列诗篇《梨树镇》，集中地突显出这一点；本色的文字、自然的表达、倾心的忆旧、无望的挽留，都饱含直击人心的力量；约略觉得她承受着人生苦楚，但又不失向往美好的勇气；生活或生存中的得失人所共有，对于一个无辜者来说，恰是磨砺；她以心向善、以德报怨、以诗打扫身上的尘土，所以，“忧伤还没有笼罩她”；《松诺的困惑》是一首另类风格作品，当读完最后几句，我沉默也泪目了。这是一首相当成熟、深刻、别致，又有寓意高度的作品；

被她不动声色、浑然天成表达出来，仅凭这首诗，就不枉优秀诗人称号，就可以站在原地远走高飞了。

D. 唐果成名已久，名字诱人而智慧。她擅长在冥想与魔幻的想象中触及现实，且以童稚的目光打量之后，构筑自己的城堡；其诗的质地亦幻亦实，诗中呈现的妙趣与意旨，带有不经意的拙朴；应该说，她是一个一边踏实行走，一边又异想天开的诗人；拖泥带水的生活与离地三尺的翅膀，彰显生存悖论的同时，俯首之人才拥有仰望的星空。读她的《夜深人静》和《你睡觉，你是床的》，相信每个读者都能读出异样感觉。逆向思维或审美偏见，是好作品不可或缺的要素，如是，不妨再多读几遍，悟诗的捷径或许正在这里。

E. 内心锦绣之人，无论做什么都有先天优势，写诗更是。别看她有一双爱吃糖果的眼睛，其实，她想到的比看到的更多；她写着有源头的诗，在一边存在一边流逝的岁月里，举重若轻地触及人类致命的忧伤；唐小米笔下，既有烟火气十足的民间物事，又有不失人生深度的拷问；两种体例与风格不同的诗，代表两种审美各异的趣向，却又统一闪烁着温良、善意、释然的光芒。在《清明，给外婆写封信》中，她状告母亲，却永远留住母亲逼真的图像；《光阴记》里那些枯叶、麻雀、雪花，于呈现或消隐的背后，居然藏了那么多那么沉重的东西，任谁也拎不动啊。

F. 想用极简文字概括灯灯的诗，我做不到，限于篇幅，只能试着说。她的诗总是充满追问的意义，总是能在短制中，展开生动、鲜活、传神的画面；拟景造物与别开生面的诗意氛围，常有出人意料的巨大引力；每一个字词选择，每一行诗句的搭配、转换、引申或暗示，甚至语言的气息、语速、停顿，以及偶尔的闲笔，都见她用心设制的机关，都散发出独有的魅力光芒；像一条跌宕起伏的大河，汤汤声浪传来，天际之远已超出想象。她有许多被人传诵的诗篇，恕我不再列举。由及物写作到智性写作过程中，灯灯的作品，已具备了自己的哲学背景和精神气象；一个不事喧哗、浮躁，忘情于山水自然的年轻诗人，纯粹、干净，绿得像一块玻璃；这是我看重并相信她的全部理由。

G. 拉杂说了这多话，不得要领者居多，接下来再说，会不会嫌我啰嗦？万一惹翻她们，四个人一起打上门来，如何招架？山东的阿华、云南的唐果、河北的唐小米、浙江的灯灯，甭说四省市，即便放在全国，都称得上榜上有名；你们抬举信任我，我才壮胆写下这些文字，先不论是否弹在弦上？是否中听？真心祝福也喜欢你们的诗，却是不用怀疑的；爱上诗是幸运还是不幸？有点儿像哈姆雷特问题，有解更是无解；世间事皆是如此，一旦选择，就是你的正解和方向；坚持朝前走莫回头，前路总有你能够着的枝头和果实；我们所需不多不少，所谓理想境界，拒绝虚妄之后才可进入；万物存于虚实之间，皆有下坠的深渊，诗人也是一颗星星，把握好运行规律，就不会失重，就会长久闪光，即便我老眼昏花，也能看见你们。

打住，是为记。

2021 年 7 月 13 日

目　录

阿华·辑
松诺的困惑

唐果·辑
灵魂实验

唐小米·辑

光阴记

灯灯・辑

风动时

阿华·辑

松诺的困惑

阿华，原名王晓华，山东威海人。威海市作协副主席。诗歌作品散见于《人民文学》《诗刊》《山花》《飞天》《十月》等，有诗歌作品入选各种诗歌选本，著有诗集《香蒲记》等。参加《诗刊》社第二十五届青春诗会，鲁迅文学院第三十一届高研班学员，山东省作家协会签约作家。

练习一个人

阿卓

没有你，我就练习一个人。

一个人吃饭，一个人散步，
一个人睡觉。

一个人看电影，一个人去旅游，
一个人穿过冬天的雪地。

离开你的这些年，我很快
长成了一棵大树。

这样说起来，好像没心没肺。
但你的祝福，茂盛了我的枝叶。

你留下的钱币，我全部用来
购买了孤独。

给我辽阔的

给我辽阔的，是这人间的梨树镇

我曾在黄昏来临时，去坡地散步
也曾在河边，看到菖蒲在风里
摇摇摆摆

在梨树镇，我看到桃树
萌芽，生叶，抽枝，开花
也看到，蚁群在运粮，大雁往南飞

——紫叶李最后的一片叶子
自由自在地落地，又满心欢喜地腐朽

给我辽阔的，是这人间的梨树镇

墙壁上的爬山虎，深幽又柔韧
草本的旱莲草，秋天里落下了籽

你问我，更喜欢鹅掌楸
还是乌桕树，我无法回答你

但我知道，在这里

这人间的梨树镇，我体会到的爱

没有面额，无以数计

松诺的困惑

三岁的松诺，问五岁的巴甘

葡萄是从哪来的？
它们为什么甜？它们一粒挨着一粒
像不像幸福的一家人？

四岁的松诺，问六岁的巴甘

蝴蝶是什么变的？夜晚
它们睡在哪儿？下雨了，翅膀会不会淋湿？
还有，那个驼背的甲壳虫，能不能找到自己的家？

深秋的庄稼们，都要回到粮仓了
玉米，高粱，大豆
从地里，被亲人们一趟趟搬回了院落

五岁的松诺，问七岁的巴甘

我们种下了玉米，地里就长出了玉米
我们种下了大豆，地里就长出了大豆

可是为什么？我们把妈妈种在地里了
地里却长不出妈妈来？

巴甘强忍着，像外面那棵不哭出声的大树

七岁的巴甘，还不懂得告诉五岁的松诺：
很多的植物和昆虫，过完秋天就死了
我们第二年见到的，再也不是从前的那一个

一棵失败的卷心菜

一棵失败的卷心菜，把家安在了梨树镇

她上班，读书，散步，看星星
灯光下，一个人想着
另一个人

冬天的大地上全是枯枝败叶，积雪下面
覆盖着厚厚的灰尘

……那些年，她喜欢将开未开的
芍药花苞，也喜欢六月莲灿，九月棉白
十二月，大雪覆盖着河边的芦苇荡

……那些年，木耳在雨水里
长大，风从地上带走多余的草籽
她用清水煮粥，慢慢等一个人回家

如今，她没有爱来抵抗寒冷了
只好用蜜来修饰悲伤
星空下，她一个人，暗自垂泪

一棵失败的卷心菜，把家安在了梨树镇

她想要的东西，都在上帝手上
属于她的只有流过的泪
和受过的伤

梨树镇

没有雀跃，并不等于没有心痛
重返梨树镇
我又看到了当年的红柳和沙棘

时光总是相似的
四月的蔷薇看不到九月的黄葵
死去的人看不到早晨的霞光

他们用阴云暗示大地
用锈弦暗示破碎
那是些骨缝里藏着悲伤的人
那是些失去盐分一言不发的人

而活着的人，将慢慢地习惯
落寞垂败，抑或东山再起

在梨树镇，骨头的支撑力小于
世俗的压力，云压得低

借用劳伦斯·吉尔曼的话说：
就像是让人心碎的失去理智的忧愁

一发而不可收拾

在低音提琴和大管的持续低音之上
小号尖利的音响表现出天昏地暗般的悲伤

看到第几条你哭了

你问我过得好不好，我说我很好

“什么是很好？”

就是风筝和蝴蝶都有去向，一切
都有了新希望

就是我开始认真生活，准备去找
你藏起来的糖果

“你看，我过得很好呢”

我把喜欢的歌，听了又听
我把走失的你，想了又想

秋天的叶和果，都走在归仓的
路上，一只蚂蚁告诉我

“爱以不同的方式存在，并不是
每一种都放了糖”

又是一年

矮荆在远处，与灌木丛有着
亲密的接触

因为相同的经历，它们获得了
等高的丰满

近处泛黄的法桐树叶里，藏着
几枚小小的悬铃

再过半个月，等那簇拥的锈褐消失
大雪就会降临

雾气中，有人轻轻松了口气

“……猫狗七岁，草木一生
世上的亲人，又平安活过了一年”

人间珍贵

每个灵魂都是独一无二的存在，每个
见面的人，都会说
你好，遇见你很开心

雪野湖边，我也是这样遇到了
相识多年的知己

它们是短尾铁线莲，和一身
戒备的悬钩子

我拍照留影，告诉远方的友人

“所有的植物，都有着永恒的
善良和慈悲”

我没有说出的是
人间珍贵
我们走了很多路，才重新回到了童年

孤岛芳菲

细小的蜂鸟，穿过黄昏、明月、清风
和虚无，内心也有小小的疑惑

“白色的槐花穿行于绿荫间
它们高飞低走，心里也有一座孤岛？”

……啼鸟、鸣虫和流云，带着莫名的
惆怅和疼痛，它们都回来了

和它们一样，我也刚刚完成
一趟愉悦的海上旅行

——孤岛如一粒珍珠，镶嵌在
入海口

像流水与浅沙，一次次谈到
迷失和回归

我们在这里，也一次次谈到
氤氲，温暖和苍翠

在孤岛，让我心动的事物大致有三种

——装着清风和鸟鸣的槐林

——傍晚时候的落日

——芦花头上的飞雪

花儿开得很好

葱绿的山冈，花朵的海洋风起云涌
伴随着昨天的荒地和芦苇丛
花朵们开得惊心动魄

春天来了，我得承认
后来居上的楸树，高过低处的芒草

它的周围，时间后退
花儿回到草的中间，而我们
在山冈上流连忘返
用眼神与尘土和野草交流幸福
忘记了时间会像白驹过隙

早晨读过的亨利・詹姆斯
让我记忆犹新，他在书中说
“我活着必有原因
——你迟早要找到我”
这霸道强悍的气息，让我觉得
像是遇到了故人

显然，我们都是在说春天

初春记

从天堂跃入人间
弹性的水有着精确的计算
与身边太阳的光芒相比
它的纯净里加入了些风的重量

有时候，这流水也暗含着
猜测，打探，确认
在河流拐弯的地方
先是犹豫，然后才是一泻千里
转瞬即逝！

我已不记得，春天赋予这田野
多少明亮和开阔
但我却知道，种子在地下膨胀
树木的枝丫天天向上

我熟悉这样的心花怒放
现在，忧伤还没有笼罩它

坐看云起时

美到蚀骨的东西，谁都迷恋
那一年，在梨树镇
我看到路边的大叶黄杨
一寸一寸地，抽出翠绿的叶芽

也看到紫色的桐花，漫天飘落
仿佛一个人的童年，正悄悄远去

那一年，我有莫名的惆怅和疼痛
波澜起伏的内心，装着清风和虚无
流水和火焰

那一年，世界还没有下雨
却有微风，微浪
和停不下来的荡漾

河堤蜿蜒，伸向无尽的远方

野地里的小车轮

苘麻长在荒草里，给它唱歌的
是野地里的小蟋蟀

有雨的早晨，山色翠绿
美得忧伤
一只斑鸠拍着翅膀去了远方

苘麻开着花，结着果
身体里长出沙漠和草原

这野地里的小车轮，有着
细圆的锯齿
和棱角分明的轮廓

——秋天之后，我在时间的
废墟里
依旧可以看到苘麻花苞的漩涡

练习一个人

没有你，我就练习一个人

一个人吃饭，一个人散步
一个人睡觉

一个人看电影，一个人去旅游
一个人穿过冬天的雪地

离开你的这些年，我很快长成了
一棵大树

这样说起来，好像没心没肺
但你的祝福，茂盛了我的枝叶

你留下的钱币，我全部用来
购买了孤独

南风吹树，吹出泪花

水流溪深，鸟声婉转
山谷里的风，将叶子吹得哗哗作响

“是果实，必须长在绿叶间
是爱人，就得留在我的身边”

……月明花开。植物们刚刚醒来
还不懂得你在人世的悲欢

所以不必问它们，孤独和寂寞
是不是都长一个样子

也不必问，萍水相逢的人
是不是看花晚归的那一个

“……没有你的黄昏，我对月当歌
愿意把每一天当作末日来过”

南风吹树，吹出了泪花
我要亲你，咬破了花果

那一年

那一年，山雾弥漫，白鹭躲雨
那一年，青灯黄卷，内心成灰

我遇到的那个人，说漫山遍野
都是碎金
鸟骨和马蹄铁，会变成墨绿的宝剑

我没有看到他说的一切
只看到群山间
藏着小庙，有僧人说起菩提

又看见水波荡漾，流星飞逝
这人世间
好像经历了一次又一次轮回

那一年，梵音阵阵，寺院落成
高大的流苏又白花满树

我在树下站立，想到从前种种
热泪又滚滚流出

不　问

明月不问清风去了哪里，燕雀也不问
鸿鹄能飞多高

俞伯牙不会在弹奏前，问钟子期
你可听得懂琴声？

渔船不问波浪：摔痛了没有？
眉毛也不问眼睛：你为什么哭？

除夕的时候，看到那个茫然四顾的人
不要问：你等的人，回家了没有？

一个人走远了，不要追着问他：
为什么分手？我错在哪里？

每个人都有尊严，转身的时候
一定要优雅，一定要高贵

不要问：心凉了，还能用什么
来焐热它……

阳光万里，爱铺满床

我不知道路边的甘蔗，为什么
披上了甜的白霜

可我知道，这世上最甜蜜的哀伤
一定是，甜对甜的绝望

我不知道该怎么定义人间的别离
可我知道
有你的日子，黑暗里就可以看到光

八月，阳光万里，爱铺满床
我守在梨树镇
等着人间的花好和月圆

“如果天堂有电话，记得打一个回家”

——R，眼睛不只用来看世界
也要用来流眼泪

答非所问

在海边散步，丹巴一遍遍问我

“这海的尽头在哪里？如果我游过去
是否能摸着它的边缘？”

走了一会儿，他又悄悄问我：

“没有堤坝挡着，它怎么没有溢出来？
它怎么没有淹没这路边的树？”

八岁的丹巴，来自西部的草地
有一只蜥蜴，是他养的宠物

我一向喜欢答非所问，指着礁石上的牡蛎
对他说：“这些牡蛎，从来就没自由过
它的一生，也只配与礁石为伍。”

我又说：“作为一个自由的人，我对它
深表同情。”

丹巴听不懂我说的话，丹巴只是茫然地

望着面前的大海

我却开始后悔。用一种居高临下的姿态
表示我作为一个海边人的优越

这是我在丹巴面前所犯下的，最不可
原谅的错误

其实，关于大海，关于大海里
众多的事物

——我，一个海边人，又能知道多少

你看那月亮的脸

我喜欢“亮汪汪”胜过“皎洁”

……半个月亮，迷失于低矮的门檐
偶尔有风，铜环摇晃

我喜欢“月圆花好”胜过“明月孤悬”

……大雁驮来了菊香，最圆的
那轮明月，留给了与渔火对眠的村庄

你知道，离海两公里，是市郊的侧面
那里有我理想的花园

我喜欢“月明如水”胜过“月笼轻纱”

明月夜，大海边，我一个人走
我指给你看

——你看，你看那月亮的脸

无声的泪水里，有谁和我一样?
还记得那些伤筋动骨的怒放

秋天的梨树镇

我怀揣着一个人的孤独
想到秋天的梨树镇，走一走

我想看看，身体里藏着雷霆的乌鸦
伤口里开出怎样的花

看看田鼠因祸得福的肉身和灵魂
在哪里找到了栖身之所

我想看看，低下头颅的野葵花
它们内心珍藏的白云，黄昏
以及爱情，怎样昭示于天下

大凡过去的，都永不会被交换
在秋天的梨树镇，金黄的结果
覆盖了葱绿的过程

而在时间另一端，我们曾经共同拥有
黑夜的冰冷和泪水的滂沱

我怀揣着一个人的孤独

想到秋天的梨树镇，走一走

我要摸一摸高大的皂角树，再看一看
夕阳下那漫天的云霞，对着墙角的那簇绣球花
我还要轻声说出这样的话——

我愿意一辈子，都这样生活在梨树镇
就像把一样东西用到旧，就像
和一个人好到老

玫瑰的木质片断

……你走后，世间所有的花朵
都已枯萎

但纵使你在，又有多少人记得你
羽状的复叶，倒卵形的花瓣

“我只钟情你一个，爱情才是
我最后的命运”

噢，不，不，一个颓废的
失败者，只会迷恋一已之悲

他不记得，你的枝杆多针刺
也不知道雨水打破光线，就能碎裂成星

“毁灭我的，是任何事物的死亡”

你走后，飞燕草被打湿了额头
叶子的忧伤，洒落了一地

祈祷词

六月你不在，青藤熟睡，蒿草掩蔽
我和坡地上的绣线菊一起，焦虑不安

八月你不在，我写下那棵倒下的青冈栎
白纸黑字，碎词一篇

九月，荆条长在成语里
我将石头和铁，都抱在了胸前

十月，我向云问路，向水问鱼
向过路的菩萨，问你的修行

十一月，我将哭声调成了静音
开始相信，离别就是鸟儿各自飞行

十二月啊，十二月我还是忍不住
跑去求佛祖

——请用我一世的孤独和辛苦，换回你
来世的圆满和幸福

已经很低了，还要再低？

青江县的蟋蟀草模仿着黎明县的
紫花地丁生活，作为灵魂的参照物
它们都想比别人更快地
找到安放大地之心的地方

但不同的事物之间，是没有可比性的
在青江县，麦田边上的昆虫消受不了
蟋蟀草的浓郁和热情

而在它十公里以外的黎明县
紫花地丁已经蔓延成翠绿的王国
它们铺天盖地的气势与蟋蟀草相比
确实要彪悍十倍

已经很低了，还要再低？
青江县的蟋蟀草模仿着黎明县的
紫花地丁生活

但安放大地之心的地方
谁都没有找到它

我还是我自己的敌人

酒喝多了又有什么关系
暮色允许我将两岸的青山用孤独代替

白天见过的游鱼，已在夜晚归于沉寂
但它小小的鳃里，还张合着对同类的想念
几公里以外，一只蝉在做最后的蜕皮
成虫从幼虫的壳套里钻了出来
和它一样，我也需要从另外的身体里出走
魂魄里要加入些苦难的重量

但现在，我还是我自己的敌人
紧张，慌乱，溃不成军
在岁月面前，过着凡夫俗子的市井生活
有限的躯壳里装不下内心的浩大

我在等一个善良的邮差

我在等一个善良的邮差
我要问一问他，在黑夜到来之前
我会遇到谁，雨后的早晨
芙蓉们择枝而生，一朵是不是
做了另一朵的姐妹

我在等一个善良的邮差
我要问一问他，隔着几个省的想念
是谁给的，青砖地上的月光
是向谁借的，睡眠是不是
能安慰一个人的偏头疼

我在等一个善良的邮差
他知道我温和，冷静，百忍成金
他知道我有云朵一样的柔软
悄悄潜伏于内心

敏感的人相互寻找
孤单的人相互安慰
昨夜，香槟的灵魂在瓶子里歌唱
我在灯光下，等那个善良的邮差

我只想问问他
风吹草海，云过天空
一朵鲁国的莲花
从哪里，才能找到它的源头

途中的一年蓬

只开小白花，只有孤独的人
才懂得它的执着

只有一个想哭的人，才明白
它的开开落落里，点燃了什么

漫山遍野里，一年蓬开得盛大
漫山遍野里，一个人的悲伤
也是很多人的悲伤

松针青，松针黄

松针也有百世轮回，松针
也懂因缘生灭

“菩提心，才是我唯一的护身符”
这本质的善良，带着天性的宽厚

有时回望百花盛开的山野
善和大美像静水流深

有时抬头看云，感觉其中的一朵
就是静坐佛陀的化身

寻兰记

岁月自有轮回和天意，有些弯曲
会重新站立

每年春天，都会有人从远处
来这处山地，寻兰看兰

石壁下，草丛里
披着霞光的叶子，隐隐有一种心痛

——风声和鸟鸣如琴键起落
敲打着大地的肺腑

一株兰花，在音乐声里长出了
刺刀上的鞘

总有暗香这样打结：它一转身
温柔的光，就落在了花瓣上

虫鸣细碎

山里能不能看到月亮？
那些有锯齿的叶子，是不是
瓢虫的家？

春天开过的花，应该都结了果
你喜欢藏在叶下的，还是
埋在土里的？

齐膝的荒草里，虫鸣细碎
绵绵不绝

有些声音像是铁锤敲击，有些声音
则更像是荣光恩慈

你说生活就是这样：晦涩喑哑中
总会有人以牙还牙

——但你没告诉我，所有的故事
一开始，悲伤就在倒计时

问　荆

作为蕨类的一种，问荆自有它的
神奇之处

“……它们枝条分节，就像是
一棵棵袖珍的竹子”

喜忧参半的黄昏，流水带着
落花远去

问荆在喧嚣处，为绿肥红瘦的
春天，唱着挽歌

“相聚和分离同样漫长，有人伸开
双臂，搂住的却是虚空”

很多时候，问荆是欢腾的火
也是沉默的灰

它的一生，也有说不出口的秘密
它的一生，也有挽不回的遗憾

——除了凋零，没有盛开

空心菜

它们终其一生，也没能长出
心脏来

这让我觉得遗憾：它层层叠叠
心里竟然是空的？

爱上一个人，它的心是空的？
恨过一个人，它的心也是空的？

“空心菜——”

我跺跺脚，然后离开
恨铁不成钢，大概就是这个样子

山中小记

每次想念的时候，我就去山上
种一棵小树
深藏的爱，就有了别样的落处

上了年纪的老人在山里造庙
每垒一层石头
他就把善和慈悲，留在了心里

霜降的第二天，农夫的菜叶上
落了一层薄薄的白霜
它们遮住的，不是浮世虚名

远处有熟透的柿子，啪嗒一声
掉在地上
惊起的涟漪，圈住了一个人的叹息

秋天快要过去了，我不怎么
爱说话了

——刚刚那些，你听见就好

玫瑰经

关于嫁接和栽培，我更相信
一朵玫瑰的理想主义

它们搬来雨水，弹起旧琴
把对白和沉默，送给消失的爱人

“……人最擅长的，无非是
虚张声势”

其实，世间所有的离别都是
后会无期

一朵玫瑰，比我们更了解
一件事物的破碎

“美好有时会微微倾斜，就好像
一个人低头吻另一个人”

晚风吹花穗

一朵铅灰的云，对着另一朵
绯红的云倾杯

它们都有不被岁月赏识的怠慢

坡地上的植物，在饱饮过雨水之后
是膨胀的，欢愉的

它们的爱与喜欢，总是一心一意

走在夜晚的梨树镇，我总会想起
从前的时光，少年的你

那时候海棠结苞，牵牛正好
屋檐下飞出了蓝翎鸟

——人世美好，我们都在其中

今日江水

落雨仓促，嘀嗒声里诵着
一部金刚经
江里鱼嘴向上，静听岸边笛声流转

渡江不返者，收紧手里的渔网
沉鱼的呜咽
落水投生者，从流水中召回黄金

有人在黄昏的江边，给我写信
说到自由、深情与善意

信的最后，他另起一行：
近日无它
一切都好，只是略略想你

结古镇

那里的荆棘，是不屑于看天空的
它不会问：“彩虹真的很好看？”

风也不会拉着叶子的手，说
“为我留下来，好吗？”

结古镇的绵羊胆小又温顺，从不
担心，如果针尖掉进了麦芒

但水里的游鱼，只有七秒钟的记忆
它不记得爱情的模样，这让人悲伤

结古镇上，我还遇到了影子活佛

他告诉我说：好的相处之道，就是
可以先低头

你好，八月

老黄蜂在飞，流水在唱
贝草夼的秋风，正好路过贝草夼的悬铃木

如此宁静的下午，我有理由
在心里反反复复想到一个人

……如果我走在贝草夼的街头
会不会迎面撞进你的怀里？

你会不会紧紧地拥抱着我
又傻傻地笑着？

你说，你去了远方，刚刚才回来
你问我，是不是很想你

那时秋风过境，阳光灿烂
树上灰色的斑鸠
它的羽毛就要被染成金黄

你好！八月里的肝肠寸断
你好！九月里的盈盈泪光

地锦不在地上

"你是地锦，但没有长在地上"

命运的混乱和不确定性，造成了
地锦的另一种生长方式

"你不在地上，为什么叫地锦?"

狼尾草的歌声里，我一次次拷问
白色墙壁上的植物

风将同样的疑问，指给了远处的
鹦鹉和斑鸠

你是地锦，但你并没有生长在地上
就像海棠，它也并非从海上来

"你不在地上，为什么叫地锦?"

我的疑虑，带着经文一样的漩涡
我的疑虑，是从礁石的内部
抛下的铁锚

刘家台

当我写下刘家台
我依旧有叙述的不确定性

我不知道我要说的是
怀才不遇的浪子，还是
做橱窗设计的单身母亲

我从不寄希望于青春、爱情
和妙笔生花，也不希望
此地就是天上人间

我要打开的结是
人的一生有几个故乡
一个故乡里有多少个亲人
谁在经历情感的缺失
谁在经历生存的压力

我要打开的结是
这乡愁可像多年生的宿根草本
秋冬时节凋零，来年依旧花开似锦

我看到的刘家台
杨树飘絮，芍药开花
马蹄莲在腐殖土里长大
带到他乡，依旧姓马
用祖先遗留的根系，治它的水土不服

而我不准备去怀旧
也没计划伤感
作为一个过客，我看到的刘家台
它只是沧海里的一粒干渴的沙砾

唐果·辑

灵魂实验

唐果：生于四川，现居云南昆明。出版诗合集《我的三姐妹》（与苏浅、李小洛合著）、短诗精选集《给你》、短篇小说集《女流》、诗选集《拉链 2000—2014 年诗选》。参加《诗刊》社第 28 届青春诗会。

灵魂实验

看一个人，要多看几遍
要把他，深深地，刻在心里

仿佛如此
你能看进他的灵魂

像红色的丝线
织在雪白的棉絮上

仿佛
你伸出两根手指

就能把他蛛网状的灵魂
轻轻地拿起来，仔细端详

又仿佛，你看够了
就能把它原封不动地放回去

丁春界 2021.6.25

灵魂实验

看一个人，要多看几遍
要把他，深深地刻在心里

仿佛如此
你能看进他的灵魂

像红色的丝线
织在雪白的棉絮上

仿佛
你伸出两根手指

就能把他蛛网状的灵魂
轻轻地拿起来，仔细端详

又仿佛，你看够了
就能把它原封不动地放回去

临别忧郁

我就要离开
这片黄色的土地了
可那些黄瓜怎么办
还有番茄

番茄的潮红
昨天傍晚方涌上脸颊
黄瓜身上的小刺
今日凌晨才冲破表皮

树眼睛

树的眼睛
不仅长在额头下面
(没有明文规定
它应该长几只
于是它想长几只
就长几只)

它不对称
(没规矩
则不成方圆)
也不水灵
(它眨眼时
像老母狗
泪水随之涌出)

睫毛不长
(主家舍不得
多订购雨丝)
眼睛揉进沙子
得等虫子清除
(鸟儿停在鼻梁上

等着清除虫子)

树眼睛
比牛眼睛大
经常吓坏
在树下
捉迷藏的孩子

孔雀湖畔

树木从湖边
一直延伸到山顶
湖畔看似静谧
实则暗藏凶险

有厚厚的腐叶
有依靠树影捉迷藏的鬼魅
有受惊后
迅速逃窜的松鼠

我们低头行走
身体前倾
双手划动着空气
像是赶赴一场盛会

突然，我被一阵鸟鸣击中
作为战友，你没有武器
不知该如何解救我
只是催促我加快脚步

我们如波浪，被推搡前行

即便没有什么追赶
在潮湿的湖畔行走
我们的肉体仍需要挨得更近

节奏感

节奏感是在鸟嘴与树皮碰撞之后
发现的

树是空心树
鸟是实诚鸟

它一下，又一下
以为自己的嘴，是个锤子

你睡觉，你是床的

你睡觉，你是床的
你吃早餐，你是馒头和豆浆的
你步行，你是马路的
你坐上地铁
你是火车司机的

你上班，你是电脑的
你喝下午茶，你是玻璃杯的
你吃晚饭，你是大饭桌的
你饭后散步
你是身边那张喋喋不休的嘴唇的

你看电视，你是肥皂剧的
你与人争执，你是唾沫的
你准备哭泣，你是眼泪的
你偷偷哭泣
你是酒精和马桶的

蜜蜂耳环

一天中，她暗暗地
扇了自己九记耳光
右三记
左三记
有三记打偏了
打在耳朵上

灰色的诗

我仰头看天
既是看天空自由飘浮的
可以不爱，也可以去爱的白云
又是看初升的太阳
怯怯地露出它绯红的小脸
它一会儿就会变成火红的狮子
像一个温良的人
猛然在你面前
抖开他紧贴于身体表面的尖刺

我仰头看天
是为了让眼泪抵制住地心的引力
不至于滑过冰冷的脸庞
把原本崎岖的路面
砸出一个可有可无的坑
我活得艰难，尚存羞耻之心
知道不能在陌生人面前流泪

我大获成功
可眼眶里那粒让人流泪的沙子
却因为地心的引力

越陷越深

它唯一的出路是脚踝

所以，请赐我一柄弯刀吧

童年游戏

他们绑住我的手脚
让我从一楼蹦到二楼
如果我能顺利蹦到
且蹦的过程中没有跌倒
我就可以得到一把糖果

他们用麻绳绑紧我的手脚
我只能像青蛙一样蹦跶了
第一步觉得轻松
第二步也还行
可越往后越艰难

楼梯顶端是嬉笑的大人
和他们摊在手掌上的
彩色的糖果
我忍住疼痛
不断给自己加油、打气

好几次，我差点摔倒在楼梯上
但最终还是稳住了身体
我将小手合拢向上

不知道该感谢冥冥中的谁
我拿到梦寐以求的糖果
大人尽兴，作鸟兽散

我想赠你一束花

我想赠你一束花
我不是花，也没有一朵花
是从我身上长出来的

花园里
很多很多的花开放
可惜那不是我栽的

我曾栽过花
可它们都死了
在没来得及开放之前

街头的花貌似新鲜
娇艳欲滴
可那是花的尸体

你如此善良
我怎忍心
将花的尸体赠予

总会有一些花

长在我身上
总会有花朵

在我的眼窝里开放
但不是现在
还需要你自己来取

魔　鬼

魔鬼
你什么时候打盹

你　打个盹吧
我想取走你
脖子上的虎牙

我想把它献给
最最可爱的人

夜深人静

夜深人静
一只凳子开始行动

它去看了看鱼缸里的金鱼
站在钟表下面
听了听指针的嘀嗒

它扶住下巴
凝视墙上的贵妇
良久　良久

它还去太师椅上
坐了坐
沙发上躺了躺

经由黑暗的掩饰
这只木头凳子才能随意
在自己家里走动

我总是不能敏锐地感觉到季节变换

有时看到菖蒲的叶子
黄了
有时看到九里香细小的白花
开了
有时看到牵牛来势汹汹
似乎很快就要漫上我的窗台

有时看到羊奶果树
兀自举起尖刺和蒙灰的绿叶
有时又发现叶子下面
还藏着翠绿的果实
羊奶果像火一样红的时候
它们就再也藏不住了
有时看到孩子和傣族妇女
挎着竹篮，站在羊奶果树下
就像站在自家的果园

有时看到老李子树光溜溜的
有时看到它稀落地长出几片叶子
我从没看到过李子树开花
有一次，我看到一个小男孩

站在枝丫间摘李子
吓坏我了，我也吓到他了
他从树上跳下，越过栅栏
他迅速逃离，比兔子还快

小鸟与水果

枝丫间的鸟巢
是干透的果实
小鸟在树枝跳跃
像患上多动症的水果

毛发是猕猴桃身上的
红色的血液
是火龙果身上的
滴溜溜乱转的眼睛
是菠萝身上的
灵巧的双脚
是榴梿身上的

小鸟和水果一样
有被摘取的命运
人们摘取高处的水果
需要借助竹竿
而对付会动的水果
猎枪比弹弓管用

一件内衣

我在找一件内衣
一件黑色的
内衣中的内衣

可我找不到它
我猜，它在和别的衣物
捉迷藏

它躲得如此巧妙
以致，我拿空衣橱
都没能找到它

刀锋温柔

刀锋温柔
是当它被收入刀鞘
独自面对黑暗中
单薄锋利内心的时候

刀锋害羞
是它用后背去蹭白色的墙壁
粉末像大雪
簌簌飘落的时候

刀锋调皮
是当它被置于太阳底下
反射的银光
掠过行人眼眉的时候

刀锋愉快
是它执意断水
流水却与桃花合谋
流得更欢的时候

刀锋害怕

是当它斫石头
石头愤怒，爆出火花
它被崩出老远的时候

刀锋生气
它磨自己呀，磨自己呀
不停地磨，稍有松懈
铁锈便来袭击的时候

刀锋哭泣
是它去割青草
青草绿色的血液
顺刀锋流淌的时候

刀锋绝望
是它在棉花里栖身
卷起刀刃
像卷心菜收拢叶片的时候

鱼在水里

有一条鱼
它站在水里
停止一切运动
我们猜："它死了"

从它鼓突的眼睛
我们还猜测
它是上吊死的

至于要命的绳索
当是那几缕
斜斜插进水里的
光线

突　然

突然，空中掉下一片叶子
突然，成片的绿色倾倒
突然，蜻蜓自头顶掠过
突然，墙角的大黑伞自己打开了
突然，小区的河面漂满泡沫
突然，花猫蹿上窗台
突然，孩子在夜里大哭
突然，浓郁的香味飘进房间
突然，我拥紧棉被

突然，我踩到大蜗牛
突然，毛衣被荆棘钩住
突然，松果无声地从树上落下
突然，我就看到一条明亮的小溪
突然，天就亮了
突然，邻居家的汽车发动了
突然，我的眼里蓄满泪水
突然，有人打来电话
突然，我撞到墙角
摸着受伤的额头
突然，我就笑了：哈哈哈哈

我站在山顶……

我站在山顶
遥望陇川坝的风景
蚂蚁一样行走的人中
没有你

我站在佛塔前面祈祷
那耀眼的光芒
笼罩我
却不能笼罩你

我品尝户撒过手米线
手心当碗
手指碰触嘴唇
那手指却不是你的嘴唇

给年轻的父和它们

我亲爱的孩子
与它们和你相比
我是要老得多
尽管在梦中
我曾称你为：年轻的父

屋子里的你，十九岁
墙壁，十岁
沙发，两岁
薄被，十八岁
清道夫，八岁
壁虎，半岁
蟑螂，才二个月大

屋外的花草树木
最年轻的要数那含苞的花
它还在娘胎里
头顶的树叶，三个月
杨桃树，七岁
就是不知那炫目的太阳
贵庚几何

看上去跟你一样

是个热力四射的小伙

火车司机

他开着火车
从我面前呼啸而过
那么威风

一个人拉得动
那么长
那么长的火车

“呜……”

傻瓜木头

你为什么
喝那么多酒
喝多了就难受
就哭

不告诉我为什么哭
只是哭
伤心透顶
绝望透顶

不停地流眼泪
眼泪滴进我的颈项
开始温热
后来冷冰
它形成一股线
在我身上爬
像蜥蜴
在我身上爬

我不知如何安慰你
只是抱紧你

你这个傻瓜

你既是傻瓜
又是木头
蜥蜴多么快活
它在我身上爬
在木头身上爬

两棵树

两棵树，笔直
叶子掉光
太阳照着它们
影子掉在地上
是一双木筷子
它夹起牛羊
扔去草甸
夹起飞鸟
扔向空中
夹起嬉闹的孩子
扔进太阳嘴里

太阳咀嚼孩子
孩子“嗷嗷”叫

四位客人

我才打开店门
便迎来第一位客人
他要购买爱情
我递给他一瓶醋
收款九元

第二位客人想买梦想
我取给他
尚未完全干透的葡萄干
收款十五元

第三位客人说
他正在炒豆角
缺一种叫希望的调料
我解下绳子吊着的葫芦
葫芦上画着一只小船
收款十二元

第四位客人阴沉着脸
他说他是来找死亡的
我把牛肉干倒进纸袋

“这就是死亡
而且是烤干了的死亡
保质期十八个月”

死亡有点小贵
我收他六十元

在五星湖

风景很美，人很多
湖水是麻辣蘸水味的
太阳是烤肉味的
而树枝，是泥炭味的

缝　隙

我在身上摸到很多条缝隙
我不知道它们是什么时候出现的
因此，我无法为它们命名

跟非洲大峡谷，无法相较
至多是，我在德钦的山里
行走时，那些雪水缓缓流淌的壕沟

我期望有人在它们的边缘行走
像我行走在雪水流淌的沟边
我想赠你一条缝隙

但不知挑哪一条
我把它们摆在地上
就像地摊货主出售她廉价的衣物

假如不幸，你挑到一条干涸的
我希望在你行走之前
壕沟有泉水注入

我希望你有歌唱的泉水陪伴

就像白马雪山的积雪融化
流入小壕沟，陪伴孤独行走的我

睡眠按钮

我需要在身上装一个睡眠按钮
当我需要睡眠的时候
我设置好睡眠时间的长短
按下按钮
我就立刻入睡
并在设置的时间点，准时
愉悦地醒来
假如不想醒转
我就把时间设置成“永远，永远”

我喜欢你是自由的

不是成群的麻雀，为了寻找食物
在冷风中翻飞那种自由
不是山泉为了寻找堤岸
在山石中随意穿梭那种自由
不是羊羔消失在孩子的眼睛后
爬上山顶，啃食积雪那种自由
不是青草生长在悬崖
动物想踩踏，却爬不上去那种自由
不是在某条大路上，一直走一直走
不想走便折回那种自由
是一只壮硕的乌鸦，吃饱喝足了
在低空飞行，想撞一下土墙
就撞一下土墙那种自由
是一只濒死的羔羊，有权选择
羊角向河流、高山或者滩涂那种自由

致科恩

穿红衣的泰迪狗
戴眼镜和白帽子的年轻女人
戴黄帽子的白癜风患者
把背包背在前面的干瘦男人
低头玩了半个小时手指的女人
一身红衣倒退着走的短发女人
不停打哈欠的脸上长斑的男人
拿水枪玩水的男孩
和怕他掉下水、拉着他衣襟的母亲

他们有的抽烟，有的没抽
有的看看从前面走过的人，有的不看
有的背对太阳，有的面对
我坐在冰凉的大理石台阶上
风把我的头发吹向右边
泰迪狗跑累了也来我旁边坐着
它张大嘴，露出尖利的牙齿和猩红的舌头
风把它棕色的毛吹向右边，卷毛遮住双眼
但我没有心情替它撩开毛发
因为我戴着耳机，听科恩哼唱
科恩性感的声音提醒我
我是一个欲望尚未完全消退的女人

梦　渍

睡醒之后
梦像潮水一样褪去
梦渍留下来

如果我做的是美梦
留在我脸上的梦渍
便是白色的
像抹了一层香粉

如果我做的是噩梦
留在我脸上的梦渍
便是茶色的
像有人拿我的头当药罐
熬了一夜的中药

彩云路

彩云路
提一把红色梯子的女人
很沮丧

有人告诉她
在彩云路搭一把梯子
就能登天

可是她没有成功
沮丧的女人
扛着一把红色的梯子

走街串巷
她打算再去青云街
试试

把路灯早早地点亮

那些叫了一天的鸟儿
已经疲倦

那条被雨水冲刷一天的小径
已经发白

那些颤抖了一天的树叶
已经晕眩

那些在硬壳里躲了一天的蜗牛
触角已经肿胀

同样是在室外
怎忍心让路灯，一直旁观

这一天我是只大鸟

早上吃野果
中午吃野果
下午吃野果

这一天我是只大鸟
因为小鸟吃不了那么多
这一天我是只懒鸟
因为我没有飞上枝头

这一天我是只傻鸟
边吐果核边想
来年的果实
会不会把树枝压弯

脑袋里的虫子

我确定，我的脑袋里有虫子
至于它们是什么时候
钻进去的，怎样钻进去的
不得而知。我还可以确定的是
它不是一只或者几只，而是很多

我养的虫子，均由我提供食粮
它们最喜欢记忆，其次才是欢乐
它们吃下记忆，拉出
豁然出现在你面前的东西
它们咀嚼粉红色欢乐
吐出，就变成了黑色的痛苦

它们喜欢新鲜的
每当它们吞下我最新的想法
它们就哄堂大笑
我的脑袋经常“嗡嗡嗡”
就是明证。昨天
它们把我关于卫生间的记忆吃了
当我置身卫生间，尿意频频
却奔向厨房，拉开抽屉，拿出一个盘子

奇怪的一天

台板上的东西
纷纷往下掉

我从沙发
掉到地上
桌子的尖角试图阻挡
但未能如愿

唐小米·辑

光阴记

唐小米，现居河北唐山。作品见《诗刊》《十月》《新华文摘》等刊，著有诗集《距离》《白纸的光芒》。获2011中国年度先锋诗歌奖、第二届河北诗人奖等。中国作协会员，《诗刊》社第28届青春诗会和第31届鲁迅文学院高研班学员。

圆月

唐小米

此时，秋虫已停止了歌唱
草地变成一块安静的舞台

抬头望明月的人
静静等待着黑暗中一枚唱针
放在闪光的唱盘上

光阴记

这次飘下的不是时光
伪装成枯叶的麻雀，被风吹落
雪地上下了一层惊慌的脚爪

真的枯叶还在枝上，它们像还活着
在颤抖
有时模仿麻雀，有时模仿雪花

活着是飞还是颤抖？
风停了，麻雀又长回树上
枯叶躲进麻雀里

而平静的落雪
一会儿，就擦掉了一切

我羡慕的那群母羊

我羡慕的那群母羊
在低洼地啃青草　享受南来风
她们都有饱满的乳房和在村头
就能闻到的膻味

我一直嫉妒她们奶水荡漾
生了一只又一只小羊
并奶大了我的表弟

我青春年少时就放牧她们
她们从未被吃空过
也没人能猜出她们的年龄

一头牛在荒野里吃草

它先是背对太阳吃
后来，用犄角顶着滑下来的太阳

荒野里有很多草
荒野里的草长得很高，它吃得很慢

它不像在吃草
它像是在吃草上的阳光

虎 山

我们到达时
落日正从虎山的脊梁骨滑下来
太行山脉中最后这只虎
正把暮年的光
一点一点吞进身体。
但金质的摩擦声从远到近
这镶着橘红色金边的响声
哗——哗哗
漫山遍野的紫荆和枣树们动起来
一直朝着天边跑

日暮后的山峦并不是沉沉睡去
也没有蚂蚁搬动大片的
虚空。它们年轻冲动就像我
正迷失在巨大的声响里
真害怕一生都会被风吹着往前走
直到光线从草叶间
逐渐暗淡下去

（注：虎山，地处太行山东麓，河北省保定市曲阳县内。因其山顶一块被当地人称为“义虎”的巨石而得名。）

衰　老

这真让人恐惧
就在昨夜，我梦见我的牙齿
在一次谈话中
一颗一颗掉下来
它们还很完整，但并不完美
记录着我的坏习惯：
左侧第三颗犬齿
有坚硬的划痕
年轻时习惯咬开雪花牌啤酒劣质的薄铁皮盖子
与铁作对
是一颗犬齿过于自信的结果。
之后是臼齿，它大部分时间陷在品味里
生活越来越好
食物越来越软
它已经不需要用力了。
天呐！它们怎么会变成这样
——短小、暗黄、瘫软、自闭
天呐！我怎么会变成这样
——藏在肺腑里的年少轻狂
一颗一颗
吐出来。

卒　年

2010 年最大的一场雪
带走了我奶奶
她闺名王躲，86 岁
临死前白皙瘦弱
我不想说
她像一朵雪花躲进了雪里
临死前
她比一朵雪花还轻
她飘走的速度
比一朵雪花还快
我捧在手里时
她只剩下轻轻叹息就能吹散的灰

照　片

坐在上面的人
脸色暗黄，笑容越来越浅
这是很多年前的事了
我看到河水依旧自西向东
缓缓地流。好像安静出自我的想象
而她们的内心
停留着一条鱼搅起的涟漪。
现在，我的浪大过她们
在天黑之前
我要回到照片里
回到安静的西固河

小酒馆

这样的天，吃一碗热汤面也许更好
昨天，我坐在河边“仙客来”小酒馆
黄昏的雨水已经南去，天空露出罕见的金红
酒馆伙计被暮光照着
简直是镀了金身。他端着热气腾腾的面条
就像手里捧着神仙的雾
多美呀，直到今天我还在回味
那粗黑大碗里的面条，比老祖母擀得还薄
端面条的陕西伙计，有一双救世主般
宽厚的大手。

石　榴

石榴大着肚子
果盘里坐着秋风的火焰

一颗星球被摘下宇宙之树
果盘里撒下母亲的泪珠

怎么会有这样的女人？一生怀着火焰和泪水
端坐在果盘里

就像一场春梦
等着豁开它的刀

歌　颂

我有时爱，有时又不爱
有时把自己装进盒子，有时又跑出来
在天空放马。
有时开向日葵的花，有时又像无花果
我怕一辈子都像无花果，开着委屈的花
于是把房间凿满了窗户
却像一只虫子住进菠萝里
我被菠萝蜜酿得又软又小
实际上，我经常这样
一个人，一点一点死去
就像一条河，一点一点变成沙漠……
可每次我都如约醒来
被命运这位富有者收藏
它用时光编织的金丝笼圈养我
用孤独的鞭子抽打我
让我像一只黄莺
热闹地活着，并学会了歌唱

薄雪覆盖着山岗

白马的时代过去
只留下满山蹄印

假如蹄印也跑起来
那是一只野兔沿着山脊飞奔

远远看到　疯狂的一切都像我
沿着高速疾驰　迷恋寻常事物

矮灌木此时心潮起伏
一波又一波　在积雪下颤抖

圆　月

此时，秋虫已停止了歌唱
草地变成一块安静的舞台

抬头望明月的人
静静等待着黑暗中一枚唱针
放在闪光的唱盘上

清明，给外婆写封信

唉，外婆。你可知你的女儿多么蛮横
小时候她经常打我，最委屈有两件事
我偷吃了蒜薹炒肉，弟弟哭了
你女儿不高兴，骂我馋，用白眼翻我
我不服，争辩，她就打我
我跑着去跳河，发誓跟她一刀两断。
还有一件，她从不搂着我睡
只搂着弟弟，让他摸着她的奶。我质问她，她撒谎
说搂着人睡不着
我吵，她就打了我。因此我更加相信
我是辣椒地里捡来的孩子
我发誓去告她，并找到我的亲生母亲。
可我长得越来越像她
一样的小眼睛，微微下撇的嘴角和一吵架
就竖起来的三角眉。
外婆，她一点也不像你
你青年丧父，中年丧夫，三个儿子，幼年夭亡
只剩下她这一个女儿
从此你们身背恶名，白眼下生存
但你认了做女人的命，更加温柔和顺
而你的女儿，她多么蛮横

不留长发，不穿裙子，也不留恋你的怀抱
为求学，七岁寄宿养父母家
受人驱使，看人眼色，挨饿受冻，却从不像你那样哭泣
就算说话，也是粗声粗气的
其实她，有那么多属于女人的幸福
她嫁给一个工程师，他为她不远千里
扎根异乡小镇。爱她，敬她，至今对她言听计从。
她儿女双全，青年已是妇女能手
中年，又成为巾帼明星。
她管着一个汽车修理厂，一百零八个修理汽车的男人
呵，多么巧，正好一百零八个
你的女儿，她管着一部水浒。
她不愿做女人，却骂我不像个淑女
嫌弃我越来越像她，越来越像个
男孩儿。
唉，外婆，清明节快到了
我又要陪她去给你上坟
我摸着你的坟，像小时候摸着你隆起的乳房
你的女儿，我已嫌弃她的样子
她老了，乳房瘪瘪的
总是站在离你稍远的地方
念叨：妈，我知道你盼个儿子顶门立户
你看，我不比儿子差。

夜　晚

身边人睡成了机器。呼噜噜，呼噜噜
呼……噜噜，咳咳……他翻了个身

有根链条生锈了。她想
如果钻进一场睡眠，就能找到。可如果
弄坏一场睡眠，他的梦
就会恨我

真像睡在一列旧火车身旁，一列生锈的铁
一列奔驰的锈
想到这，她往旁边又挪了挪

月光真好啊。想到这
她伸出手
轻轻握住他的
月光
像完成了一个神话那么好。

万物之心

不该嘲笑木头呆
木头在木头中
如同人在人群中一样
孤独就是
不能发出自己的声音

悲伤雨水般积聚
我该怎样渗进柏油路面
不留一丝痕迹？
人制造的谎言不止影子这一种

寒风、冰雪、日晒、雨淋……
小树长成大树
种子开出花朵
一只蚂蚁也在大雨后存活下来
它们以万物之心
原谅了万物的过错

野橡子

落在山路上的野橡子
如果我不捡
松鼠会捡
如果松鼠不捡
风会捡
风会把它们扔下山道
长成一棵棵野橡树

如果它们滚到别处
就会在别处长成一棵野橡树
如果不小心弄丢了它
我心里
就会长出一棵野橡树

一滴露水沿着玻璃走

沿着玻璃的边缘走
美女走在刀梯上
一滴露水
从头到尾制造的都是小道消息

沿着玻璃滑下去
到处是歪歪扭扭的鼻子和眼睛
玻璃哭起来的样子
怪吓人的

一滴露水变成一条河
在玻璃面前
它吓得张大了嘴巴
它不知道遭遇了什么

它不知道无限放大
正是透明的罪过

为什么总想起死去的人

想起他们做什么呢
又不能扒开土
把他们拽出来
像扒出一块遗落的红薯

又不能让他们复活
像把一块红薯放进一筐红薯里

又不能把他们切碎了
做出无数个新人
像把一筐红薯作成薯片儿

叫他们出来做什么呢
其实我也讨厌过他们
在他们骂我　打我　抢我风头时

还是让他们在土里待着吧
像安静的红薯
一座小小的坟墓
顶着青青的叶子

稻草人

两个稻草人一闪而过
在深秋的一望无际的稻田里

它们的身子是去年的稻草
头也是稻草的
它们被割去了稻穗
它们空荡荡的

但它们穿着人的衣服
戴着人的草帽
还像呐喊的人
举着风一吹就啪啪作响的旗子

它们被牢牢绑在
十字架上
但它们
没有名字

天黑了
它们在田野里
没有母亲喊它们回家

瓦房店的鸟

我听见鸣叫，唤醒
几只枯叶般的鸟
站在瓦房店墙头
分别模仿了蹲墙根的老人，干瘪的果实
和结冰的勇气。
时光笼罩着一切，它们身后
冰封的大河像一只看不到头的
玻璃柜子
再冷一点
鸟的影子也会被封在里面
直到变成枯荷、渣草。
此时，头发花白的芦苇反而
学会了挣脱
它们模仿停下的鸟
起飞的鸟
也模仿自由中那面
有根须的旗帜。

湖

从天上看，湖
——大地上一颗流浪的心
——地图上一枚图钉

这是我和女儿争吵的结果
她的心太大
天上有什么
湖就装下什么
她指给我看
一只飞鸟和一根芦苇相互呼应时
目光和脚步都在奔跑
自由的和扎根的都在奔跑

她的湖和我的不一样
我从不做梦里发生的事
事实上我偶尔流动
也只是为了
往时间的深处再挪一挪

大风雪

一团一团绵羊，领着自己的命在风里滚
放羊人，狠狠用手拉住绳子。他摔倒了
滚到一只绵羊脚下。天呐，是一只在风雪里
站起来的绵羊。它站在羊群里，像一尊
披着白斗篷的天神。现在，它代替唯一的
放羊人，高傲的黑蹄子，一个脚印一个脚印地
踩出一条雪路。
它没有鞭子。它穿着满身风雪。
它是不是神的羊已不重要，重要的是
在一个危险的夜晚，在梦里
不是镇定的鞭子，而是一只羊
把我带回了家。

白丁香落了

它们落在墓碑上，覆盖了那年的雪。不！是那年的雪
又撒在墓碑上

但很快，风
就把墓碑吹了个干净，并顺势吹走了一个
披麻戴孝的人

山　寺

我喜欢的菩萨背靠黄土，丢了一根手指
桑条留下牛羊的齿痕，他的眼睛
看向一条
手指般的山路。已经快被黄草掩埋了
这根手指，就像路人丢失的
指南针。

和我一样，很多事物来过又走了
松果落在寂静的松针上
仿佛佛前落满时间的钟摆

松鼠的惊慌不同于人的惊慌

在驼峰岭天池的木栈道上，一只松鼠吓了我一跳
它也愣住了，抬头看着我，慢慢放下怀里的松塔。
我竟然想……后退了
但它比我更快地转身，消失在松林里
像被风卷走的一片
褐色树叶
木栈道上，只剩下一枚松塔，对着我
瞪着满身惊慌的眼睛

在伊尔施听马头琴演奏

拉马头琴的男子，已用琴弦打下一片江山
他摇晃着身体，也像骑在马背上。
风把琴声传出很远，也许传到了大兴安岭东麓
也许追上一片西飞的落叶
风很猛
抢走了一匹快马

麻　雀

几只麻雀从我心里飞出去。呵，有时那心
像个鸟巢。

我生活的小镇，最常看见的只有麻雀
冬天来了
站在光秃秃的树枝上，团着身体
有人对准它们，手指比成枪的形状，眯眼
砰——它们变成
准确射向虚无的一颗颗子弹
砰砰——
幻想甩回现实的一块块泥巴
砰砰砰——
我心跳加快

还好过了一会，这几只麻雀
又回到料峭的树枝上
企图在寂静中解决掉什么的那个人
也需要它们回来

秋天的故事

我的穷亲戚，母亲表姑的女儿
坐在我对面，抖落着蓝头巾
几片秋天的草屑滑下来
正好是这样的季节
风中不断落下栾树叶子、槐树叶子、榆树叶子
我的诗中飘过迟疑的名词、动词、形容词
她含泪说起我的母亲，她的母亲，她丈夫的母亲以及
母亲们相同的脾气和苦难史
她的倾诉让我觉得，人类的母亲都在其中。不，万物的
　母亲
都在其中，神的母亲也不例外。
蓝头巾捂着脸，她的眼泪
像几滴从大海逃出又跌回大海的浪花
哎，别哭了，别哭了。我递给她装钱的袋子
我该陪她掉几滴眼泪。但我不认识她的母亲和其他
母亲们
而我的母亲还活着，还健康
有工资，拿医保，尚未露出秋草逢霜的破绽。
这令我心安又惭愧。我无法解释
这么多母亲，同村出发，在稻谷飘香的季节
绕过同一块田野

难道像四散的稻花，被不同的蜜蜂带走了吗？
她的审问恰巧撞翻街角火红的尖叫
一棵石榴在冶炼肚子里的珍珠。一片枯黄的草屑
像一个虚构的形容词
又落回到她蓝色的头巾上。

火车穿过故乡

落日像巨大的喉结，在狭长的河流中滚动
那些说不出来的话，也被父亲咽了下去。
他扒着车窗眺望，影子
在树丛中跳跃：一面被桑榆包围的向阳坡
一个青年跪在那里痛哭："挖大些，再挖大些"
他哀求打墓的人
他要把故乡埋在最后一个亲人身旁。
从此，他一次次登上梦中的火车，清晨
又匆匆返回异乡小镇
浓重的乡音在妻女的普通话中
校正。
火车开这么快，又能看到什么呢？
我的父亲
却一直站在窗前
窗外，风一吹就掩面哭泣的旧坟，以及被雨水
洗丢了颜色的纸花
好像生了根
一边凋零，一边
又从坟头长了出来。

剥洋葱

姑姑在剥洋葱
洋葱让姑姑流泪
洋葱因为开不出花委屈了一辈子

剥去旅居地、迁徙地、暂住地
姑姑要剥出洋葱的籍贯
剥去死掉的丈夫、打工的儿子、走失的狗
摔碎的鱼缸
姑姑要剥出洋葱的命运

一层一层，不停地
姑姑，像在掘开自己的坟
像要越来越快地
挖出自己

在这个村子，这个午饭时辰
有多少人在剥洋葱？
有多少人像姑姑一样
不停地
流着泪

磨剪子的人在深夜醒着

磨剪子的人在深夜醒着
他的木架子
发出“咯吱咯吱”的声音
像日渐衰老的人
诉说被人取走的回忆
喋喋不休。
他抱怨它们多嘴
他也正在思念一块月牙形的铁
沉默的铁曾令他的生活
充满黑光或白光
锋利的瞬间常常割破他的手指
想到日渐空闲的手艺
磨剪子的人锈了
他想到大海里磨
到礁石上磨
到植物的枝枝杈杈上磨
把失眠的夜晚也磨出锋刃
年轻工匠的鼾声一波高过一波
在深夜，磨剪子的人
磨着他的浪花

那夜星空

推着高大的木耙
她快趴到土里了。无边的星空下
她的驼背
像一座在田野独自行走的坟

骂天骂地骂命运，并第一次骂了
痴傻的儿子和早逝的儿媳。
冰雹毁了收成，我善良的祖母
嘴里长出刀子

突然，她开始骂牛
骂和牛一样老的自己
随着老牛轰然倒地
她也慢慢跪进土里

安静的星空下
传来祖母的号哭
她高高举起鞭子
却再也没落在
死去的老牛身上。

游　戏

大胸女人把自己比作榴梿
一刀切下去
那水果吐出棉絮
她嘲笑我们不懂香臭
谁的胸膛里
埋着绵绵不尽的棉花糖?

把自己比作石榴的人
露出一排洁白的牙齿
她尚未婚配，更谈不上多子
但也禁不住秋风轻轻一掌
那水果，是个甜美的泄密者

你让我们用水果比喻自己
顺便测试每个人的一生
榴梿降价，石榴待售，香蕉和苹果
正在小贩的秤盘里翻滚

我的一生还用预测?
我说自己是只椰子
所有人都笑

以为我浑身长毛，坚不可摧
只有女儿扑进我怀抱
她天生携带吸管
要吸尽我外壳里裹着的
一池春水

我们太想找到一只苹果了

找呀找呀，采摘后的苹果园
能找到的只有秋风。
孩子们在枝丫间奔跑，扔出来的尖叫
砸飞了几只麻雀。
他们才不在意枝条上没有苹果
深深的抱怨属于大人
拨开每一丛遮蔽的叶子，目光沿着枝条
哦，我们生就了侦探的目光
有什么办法呢，我们太想找到一只
苹果了

其实我已经放弃，仰脖子太累
但我不想说出来。怎么说？告诉他们
找到一只苹果比找满天星星还难？

我们带了很多吃的，其中一人
还带了一兜洗好的苹果。但不一样
我们太想找到一只苹果了
我们还在找，一会变成长颈鹿，一会变成猴子

红红的落日吸引了我们的目光

我伸手指了指

又无力地垂下。落日太大

一点都不像苹果

海　棠

海棠正在成熟，一个男人路过
幸福地摘果
装满两边的衣袋。
刚饱满就被人摘走，这是一件好事
不用独自腐烂，变得面目全非

而且腐烂之前，就像临别那一夜
心意不断缩小
皮肉像一件衣服，在秋风里
晃荡。

这是另一种结局。

风拂过窗外的植物

我喜欢办公室窗外那棵榕树
还有开着大朵花有些俗气的月季
在多雨的夏天，我盼望和一株植物
站在一起，更亲密些
被它们的刺划伤
被它们俗气而大胆的表白迷惑。
当睡眠降临
风吹过窗口，当风随着它们的枝叶
发出沙拉沙拉的声音
我猜测植物们在半梦半醒之间，和我一样
汁水饱满
在午后更大的空间里
果实爬到树上
花香一点点碎掉

百合盛开

几只绵羊卧在雪里
几个上辈子的美人
静静为江山殉葬

谁说绵羊没有老虎之心、狮子之心
成为绵羊是因为它们走在
寻找青草的路上

这很重要
一点红色的野兽之心。让它们就像活着
像随时能从大雪里赶回来

蛐蛐儿

蛐蛐儿叫声热烈，仿佛不知秋已至
命将绝。

不。也许知道
虫子比人聪明，有些事知道了
也不一定说出来。比如扑火飞蛾
像个冲动的傻子。但之前
它绕着火，多次练习颤抖

再看雌螳螂，交配完就吃掉了
自己的男人。但雄的并不挣扎
拥抱瞬间已折断前足，并把头
送进她嘴里

也许挽歌本来就是热闹的。但绝不是
我们听过的
命运交响曲

蒲公英

野菊花沉郁，小飞蓬开成碎银，只有蒲公英
顶着满头白发。花刚谢
就老了

它们现在的样子，像为自己准备了一场烟花
风会点燃引信，帮它们在半空中
再盛开一次

我家乡有很多蒲公英
田野里，风摇着一颗苍白的头
像摇着一个人的余生

嗯，是的。有人一生都在等一场仪式
告诉自己，飞过了，种子还在
继续飞

空酒瓶

还记得吗
那个午后，阳光穿过玻璃窗照着我们
一只空酒瓶放在窗台上
里面插着一朵盛开的玫瑰花

我们都觉得
一朵玫瑰花，不属于酒瓶
但它插在酒瓶里
就像待在自己家那么舒服
就像它就是酒那么舒服

明亮的阳光依次拿走我们的手指
胳膊、身体，最后拿走了
我们的想法甚至
我们留在床上的形状

明亮的阳光拿走了酒
又还给空酒瓶一支盛开的玫瑰

流水的速度

河边走着，有人敲我后脑勺
仔细寻找
一群惊飞的麻雀，踩断一根枯枝
竟模仿班主任的教鞭，敲在我头上。
哈，我愿意
我愿意人到中年
再进一次麻雀们的学堂
因计算不出流水速度，被一只古怪的
老麻雀
沿着河沿儿追赶。

您瞧，过了这么多年，我还是计算不出
流水的速度。

就让我们沿着河沿儿继续跑吧
亲爱的老麻雀。
有一天，我们会越跑越慢
流水也会慢下来
正确答案就在那儿，在一块被流水
一路洗刷的鹅卵石上

春恩浩荡

母亲为花草浇水
父亲种菜
燕子飞回，在屋檐下寻觅旧巢。
春恩浩荡
我不知该感谢什么，感谢谁
我曾以岁月作借口
骗了 94 岁的祖父
我念 19 岁时写给他的信
让他误以为，他只有 80 岁
还能再活十年
如今又过了三年，他还坐在
墙根下晒太阳。
我还以麦子为谎言
骗过几只家雀
我用网捉住它们，随即放了
这城市的天空中
它们盘旋又归来，原谅了我。
几个月前，我们还穿着北风做的衣服
而月季，穿着稻草
现在，它要开花，并长出小刺。
我希望母亲继续操心她的花草

父亲更胖些

在这春日的午后

冥冥中有轰然而来的不可知的力量

正击中眼前的一切

正在普照他们。

亮马河的石头

越来越光滑，亮马河的石头
已被时光抚摸了太久

以前沉浸在流水中的石头
如今坐在风里
流水干涸
世界粗糙的一面被猛地掀开

必须站出来才能看到另一番光景
亮马河的积雪在融化
成群的白马撤进树林
春天来了
面对流逝，我常不知该说些什么

亮马河的石头也正在接受这样的人生
一层尘土上
将长出另一层更加沉默的青苔

灯灯·辑

风动时

灯灯，现居嘉兴。曾获《诗选刊》2006年度中国先锋诗歌奖、第四届叶红女性诗歌奖、第二届中国红高粱诗歌奖、第21届柔刚诗歌奖新人奖、第九届扬子江诗学奖、2017年人天·诗探索“华文青年诗人奖”，并被遴选为2018—2019年度首都师范大学驻校诗人，参加《诗刊》社第28届青春诗会。出版个人诗集《我说嗯》，诗集《余音》入选中国青年出版社/小众书坊“中国好诗·第五季”。

我的男人

黄昏了，我的男人带着桉树的气息、回来
黄昏，雨水在窗前蓬亮
我的男人，一片桉树叶一样找到家门

一年之中，有三分之一的时光
我的男人，在家中度过
他回来只做三件事 ——

把我变成他的妻子、母亲和女儿 .

娜夜

春　天

石头动了凡心，流水在玻璃上
有了情欲。我在春风中写下：“好了伤疤忘了疼”
一株桃树，突然开口说话：我不销魂，谁来妩媚？
我笔墨未干，和流水论去向
那时，时光忽明忽暗，桃花变脸成梨花
在高高的屋顶，明月高悬
高悬的明月
像赐予人间的药丸。

一张白纸在飞

白鹭要带着水中的自己
远离冬天，所以它飞翔

远远望去，整片水域都跟着它飞
接着是山脉，是山脉后面
黄昏的村庄

更远一点，是冬天，是尘世
远远望去：

一张白纸，领着茫茫的尘世在飞。

风动时

风动时，善恶分站两边。
风动时，昨天的我，反对今天的我。
风动时，明天的我，在风中
寻找我——

白纸上深深的折痕，离开的手
空中，孤悬的蝴蝶

风动时，过尽千帆皆是
月亮，是月亮欠下的债
算命的人从竹筒抖落命签，回声处处：

风在动，草又长了一寸。

雨当从天上来

恕我不死，小飞蓬一年一年生。
江南雨，中原雨，西北偏北雨

——恕我见雨水，从河流中来，从云朵中来
从内心来

恕我遗忘：
——怒江之怒。
岩石不争，寡言的松树
缭绕的昨日。

恕我记起雨
当从天上来，光芒不偏不倚

正好，正好——
盖住梦中的咆哮。

水在茶壶里

水在茶壶里提醒我
要温情，温暖，要对世界
有温度
我在它越来越低的声音里，感受到
世事无常，世态炎凉
在更低的声音里，我听见它说：
我们就是世事
就是世态
整整一个晚上，雪在窗外下着
它在我的喉咙里辗转
一样力不从心，一样说不清
是什么
究竟，我们丢失的是什么。

红　河

它高烧不愈。嘴里含着泥沙。
它没有说出的话
使我的琴弦颤动，野花喊住
前倾的悬崖。
有人过河
有人经过隧道
夕阳已经够红了
河水已经够红了，满山的枫叶
也发疯地红——
暮色苍茫啊
这暮色：
果子尚未熟透，繁星尚未露出针孔。

亲　人

海上无明月，星星也去照耀
其他省份。
欲睡不睡的栅栏，披上了你的外衣。
我们坐下来，看见大海茫茫，船只颠簸
鸟衔着种子在飞，落下大的
叫岛屿
落下小的叫森林
还有两颗，不知道为什么
停止了生长，也不知道为了什么
发不出声音
在北风中，像我们一样
挨着：没有血缘，却胜似亲人

沉　船

被拖上岸的沉船，显然还有救
裂开的心脏
正好可以住进落日。关于水，说话的人
得到了禁言。这艘母性的船
已经想不起
水天一色的日子，鱼在船板上
跳动的日子
这艘老迈的船，现在更像
一个精神病人，同情和责难，涂抹它的全身
它呆滞，一言不发
故乡是回不去了，快要黑下来的天空
鸟自顾自在飞。

深　渊

恕我冒昧，潘多拉的盒子
一人一只
穿山甲为了活命钻进更深的黑洞
考拉紧抱着大火中的树枝
不再相信救援的人类
蝙蝠迁移，蝗虫越境……

每一天，新闻图片里的求助声
每一天，真实和谎言的拼杀声
每一天，比钟表还慢的心跳声

这个春天，凝视深渊的人
也被深渊凝视

春雷响过，闪电如棒喝
冰雹砸出无数声音

有一种声音，我要让自己听见：
我，要来领罪。

春　天

栾树用褐色之心，守着一湖寂静。
鹏鹈划出的波纹，圈住
垂钓人的一日，圈住飞鸟颠簸之苦……

春天，有人出生。
有人离世。
无限的时辰，寂静在最高处：

水如众僧端坐。
水如众生匍匐。

喜马拉雅山

和我交谈的鹰，带着雪的光芒
俯冲向下，阿布说
我们是有福的，看见雪山上日出
是有福的
有一刻我确信喜马拉雅山上
住着神灵
就在我看见，与未见之间
而和我交谈的鹰
继续
俯冲直下，向着比雪山更苍茫的人世——

一位尼泊尔男孩，他和我不同
他和我，我身上的
尘土不同啊——

清澈的眼神：住满了雪山、湖泊、太阳
以及我

——前所未有的宁静。

余　音

乐曲离开它的乐器。余音里有溪流
有险峻。溪流清澈
悬崖陡峭，迎客松上的落日，鸡蛋一样
揣在谁的怀里
一个人要在天黑前卸下容颜，一个人
要在余音里，完成未竟之事——
再爱一次，痛一次
颤动一次
一个人要在余音里
向低音致敬，带着苍茫上路的人，听见了
余音未了
多么悲伤：乐曲离开它的乐器。

像　爱

雨水相知，从伞上跃起的一瞬
需要多大的力
风可以忽略不计，两粒雨水隔着茫茫夜色
落在相知的伞上
需要多大力，拥抱需要多大力
整整一个夜晚
我看见雨水从空中落下，跃起
所有的事物都在哭泣，只有雨不会了
像爱——
未曾过去
也不会重来

流　水

流水是这样不顾我的感受，带来
上游的消息，不可更改的消息
坏消息多于好消息
远山用青色更换郁积，子规鸟啼血中
看见故国
看见故国以远，更远的人类
雕栏还在，从纸扇一跃而出
明月加固了它们的身子
明月把它们的影子
放大到辽远，成千上万倍……

是的是的。流水是这样不顾及我的感受
它带着
我永不可能拥有的勇气
和无畏无惧

带着那个真正像我一样的我
世事中，微笑前行……

并把我，成功留在了原地。

我们所称之为命运的东西

喜鹊不知道我们所称之为命运的东西
麻雀、灰鸽子就更不知道
布谷在水杉树的顶端
看见大河拐弯，小溪遁入草丛
别处的生活
和此处一样，没有区分
我和你，没有区分
鸟儿们从来就不想知道
我们所称之为
命运的东西，它们只是往远处飞
从近处回来
在房舍、树下、河滩、水洼、岩石……
低头觅食的身影
唤来风——
河水义无反顾，向前，又奔了一程。

另一只羊

所有的羊都在吃草。所有的青草
都在等待被啃食。
牧羊人在远处，手中没有鞭子

风中，所有的风都经过风
所有的风吹过，都是抚慰
青草只管绿，羊群只顾吃草
牧羊人只等
羊群肥美

我在意那些
从不可能改变命运的事物，在意
从不曾
将我在意的事物：
单独的
另一只羊

——我们因为彼此看见，而深深地原谅。

布拉格此时下雪

布拉格此时下雪，作为回应
雨落在江南。
年轻的树木学会落叶，在我的仰望里
寒冷是一个高度，温暖是
另一个高度
樱桃来到小女儿的唇上，她舒展的
树枝，在梦中
弯曲，甜美。我因长久的啜泣
对事物，有了冬天的耐心
方糖融化在咖啡里
我想起你
布拉格此时在下雪。

我说嗯

我喜欢你。轻轻地
叫我宝贝。
我假装没听见。你就急急地叫
压抑地叫。
像蜜蜂蜇在花瓣上。
我红着脸。我说嗯。

我的男人

黄昏了，我的男人带着桉树的气息回来。
黄昏，雨水在窗前透亮
我的男人，一片桉树叶一样找到家门。

一年之中，有三分之一的时光
我的男人，在家中度过
他回来只做三件事——

把我变成他的妻子、母亲和女儿。

手指在散步

星辰在屋檐上散步。我的手指
在你的五官上散步。
雏菊的香气，从小巷的深处
来到窗户
我的手指在你的鼻梁上散步，它已
成长为高山，内部
无数树木在生长，它们和夜晚一样黑
一样黑的它们，长不大也在生长
不见阳光，不见阳光也在生长
我的手指在你的唇上散步，很久了
它失却了它的语言
飞不出去的鸟，在你的喉咙里扑打冬天
我的手指来到你的心口：
这里，刚刚熄灭一座火山。

看星星

我从来都没有看见过这么近的星星
这么多的星星
在头顶
明亮，悲伤，闪耀
我从来都不知道，这么多的星星出现
夜晚更黑了
我从来都不知道，我们走夜路
我们一直往前走，往前走……
我们也是地上的星星
蛙鸣，虫叫，花开
也是地上的星星
我们抬头，看见这么多的星星
一颗比一颗硕大
一颗比一颗寂静，有序，忠于无言……

九　曲

一条路改变主意，并不表示
它回心转意
我在任何地方都能看见
这样的小路，弯路
一路往回走
越走越瘦小，越走越没有话说，越走
越不知道走向哪
这一次是在内蒙，在九曲
我从飞机往下看
每一个弯道，都深藏着一把刀
都无用武之地
都委屈，愤怒
落日下涨红了脸
都像同一个人，被同一条
河流追赶
同样说不出话：

仿佛，一个被自己追问的人
一边走，一边捂着自己的心肠。

呼　唤

与空击掌，落下的我
逐一排列。柳树低垂的表情
仍是生死轮回，仍是
无言大于有声。暮晚时分，远山收回
远行的自己，一条小路直通
春天的顶点
我见过太多的花开花谢，无常世相
我见波浪
返回波浪，逐一排列，约等于我
领着所有的我，带着整个大海前行
手机上自动出现一行：
“我听见有个动人的声音
在呼唤我。”

石　头

石头不会说话，一说话
就领到崭新的命运：或滚落，或裂开
挖土机开到山前
采石场彻夜不眠
这一辈子，我和无数石头相遇
看见过它们的无言，以及无言的复制
这么多石头，那么多石头
分成很多块，一样奔波，一样无言
一样在无言中
寻求归宿
很难说，我是哪一块石头
这么多年，我在外省辗转
我看见最明亮的石头
是月亮
我看见月亮下面，山岗，河流，房舍
各在其位
各司其职
是的，是这样
就是你想的这样：
碑石寂静，而牛眼深情……

小　鱼

岩石撞击溪流，溪流不死。
昏厥的小鱼
在第二次昏厥中，又长了一寸。
我目睹山崖上的山花、蚁虫、蟾蜍
一个接一个跳下来
我目睹蝴蝶挣脱救援的手
跳下来
这些走投无路的生灵，我怀疑它们
也藏有一张人脸，也有一颗
愤怒的心，也把比死更难的活路
留给人间：

——溪流不死，小鱼在昏厥中
又长了一寸。

蚂　蚁

蚂蚁在镜头里
捶胸顿足，我要把镜头放到更大
一只更小的蚂蚁
才会出现，蚂蚁在我的镜头里
悲天抢地，直不起腰
更小的蚂蚁
在它身旁，一分为二，如果蚂蚁也有眼泪
那一定是
母亲的眼泪，一定是母亲
怎么呼唤
都没有应答——
如果我把镜头放到最大，我就会看到
一张人脸，我就会看到每一天

——每一天。都有一张相似
悲伤的人脸。

戏中人

孤独收获了月亮。水龙头呵斥了江河。
戏中的人，唱词悲愤，婉转
如果我要让他活下去，如果他执意
一死再死，一再活成
我们每一个人
如果我的听力突然中断
如果我凝神

看见死去的人，死去的物种
都有相同的小命运
抛出的水袖，在山顶，在云端
迟迟不肯认领结局

我空有一颗山水之心
我空有一颗悲悯之心
我空有一颗诗人之心

看叙利亚盲童在废墟上歌唱

她看不见的天空，是我们看见的
我们以为神不在那里
但一个盲人女孩相信了，她抬头
确信歌声
去了神的居所

我从她的笑容里取出花朵，从废墟里
取出哭泣
我从我中取出自己
——毫无疑问，我是盲人，而她不是。

非洲鼓

鼓面每拍打一下，便能
从中听到一只豹子的哀叫
雄性，或者雌性的豹子
一次次，在鼓声中跑动起来，鼓面
长满茸毛回到它的身体
如果鼓声欢快起来，一只豹子
正穿过非洲的热带雨林
跟随它的，不是我的手指
不是雨点
不是月亮
不是贫穷的风不是人类，更不可能
是猎枪——

一定是它的亲人
左边，或者右边

那时，我在地球的这边：
还没有通过
一只非洲鼓，了解它的一生

梅花饮水

你要帮助梅花说话，梅花俯身
向水，它渴
你要帮助“渴”说话，“渴”中有喉咙
喉咙里
霾、灰尘、冒烟的四季
你要为喉咙说话，梅花饮水，梅花饮水时
风从山那边过来，一直在场
它呜咽
——你要为呜咽说话

河水带着一切向前，梅花饮水
似老者、孩童……

更高的苍穹之上，有人调好琴弦
琴声四起：

你。要为这琴声说话。

浪　花

每一天都有浪花冲上悬崖，带着
赴死的决心，要和落日论一论
时光的血性，也要和岩石
较量生的意义，每一天都有白云
降下白旗，那么多浪花
死在赴死的路上，那么多
浪花，还原成大海里的一滴水，再不可能
成为浪花的
一滴水

一个人看见浪花在体内
千军马万
冲上天空，一个人看见浪花冲上天空

——在大海面前，和大海一样：保持了平静。

红的问题

和我一直争执的柿子树
把红的问题，举到天庭，把落叶的问题
交给大地
我一辈子都在想，这么多
落叶，那么多落叶，每一片
都在风中
有一颗颤抖的心
每一片落叶，都向死而生，我蹲在地上
仔细端详，它们
也用同样的怜悯，望着我——
我眼睁睁看见自己，被风吹得到处都是：
柿子树红啊，它依然
——这么红

把红的问题，举到了天庭。

和大海下一盘棋

盘腿而坐。和大海
下一盘棋。我动用星辰，它使用
波涛。星辰越来越少，波浪越来
越多，更多的波浪
冲上前来，要和我
拼死拼活
决一胜负：我眼见那么多个我
死了又死，那么多我
跟着星辰，走进夜晚的云层，再没有
怨恨，和怨言，我眼见
只剩最后一个我，天地之间，盘腿而坐

——大海突然起身
朝星辰的方向，拱手相揖：

撤回了波浪。

瓢虫和大海

月见草和假酸浆，同时请我
为一只瓢虫让路
我理解它们的善良，意思是
背负星辰的事物不多
心有星辰的事物更少
烈日下，我们同时看见一只
橘色七星瓢虫
攀草叶，过荆棘
飞不动的时候在走，走不动的时候
还在走

它越来越接近黄昏悲壮的色彩——

每一颗星辰都义无反顾啊
它们来不及回头

转动我们眼中：橘色、忧郁的大海。

立冬日

一只冒死都要回来的大雁
是你怎么都不可能
理解的大雁
望远镜里，大雁南飞，风送一程
水送一程
三石山也送一程
你根本不知道
为什么一只大雁不飞了
不再向前了
你不知道为什么等着它回来，犹如
你不知道河水流远了
机帆船仍在咆哮
你根本不可能知道，你等着它回来
又祝愿
它飞得越远越好

而秋天
秋天是知道的，秋天把整个黄昏

和冬天：
轻轻，放在了你身后。

喜鹊课

喜鹊的叫声并不喜庆，当它
飞过高高的白杨树，在冬日，在清晨——
我仍在梦中。

喜鹊带着烧焦的声音。声音中的旧址
雷霆、滚石、祈愿……
越飞越高
越飞越高的喜鹊，在叫声中

给我换了一张苏醒的人脸
——我日夜推滚石，我心藏雷霆的愤怒
我做不了别的

我和你一样，晨来问雪
也问候自身

喜鹊越飞越高的时辰，也就是
我和你
看见白杨摇曳的时辰

——皆有苦楚。皆有来历。

玉渊潭

天寒，万物退让其身。要给
寒冷让路，也要给
清晰让路
残荷把倒影留在水面，鹡鸰把头
埋于水中，它们都是
我在人间的知己，潭水深不可测
我看见的，你必将
也会看见
和我相遇的，均是馈赠，包括这
一走动，就会惊飞的
麻雀，包括它
在觅食中，小小的战栗

——是啊，包括，也包括的

银杏树下
少年的笛声清新，落日盛大
盛大的落日

和落叶的光芒连成一片：我和所有，均是重逢。

外省亲戚

他敲门的声音，像一树炸开的石榴
风声扑面而来，年轻的，带着乡间的泥土味。
一个硕大的白色编织袋，开始在他的肩上，现在
它站在地板上，里面装满了花生，和那些
来不及褪泥的土豆
在夏天的客厅里，空调在响
他一直站着，一直冒汗
他的手不知道往哪儿放

他叫我小婶子
他让我红着脸，想起了我的身份。

拥　抱

我的母亲从不知道拥抱为何物
她没有教过我
和最亲的人张开双臂，说柔软的话
她只告诉我
要抬头，在人前，在人世……
她说，难过的时候，就望望天空
天空里什么都有——
到了晚年，我的母亲开始学习拥抱疾病、孤单和老去的时光
开始
拥抱她的小孙子——
有一次我回去，看见她戴上老花镜
低头翻找她的药片——
那时，天边两朵云，一朵和另一朵
一朵将另一朵
拥入怀中
仿佛这么多年，我和母亲
相互欠下的拥抱。

黄　昏

鸟鸣向上，乌云飞跃两岸
跟着麦子回家的
我的亲人
已在云梯，唯一的光亮处
露出我才能看见的笑脸——
这么多年过去了
水一直在流
叶子一直在落
我从清晨来
将要到黄昏去
我所知道的，不会比此刻更多
我所领会的，不可能大于明日，我愿你永不会领会
永不会——

亲爱的孩子
我只愿你看见：

黄昏寂静……命运落下灯盏。

我和你的样子

——致女儿

黄瓜花在清晨，是嫩黄的样子
不比天牛在黄瓜叶上，天线接收旧信号
不知所措的样子
——亲爱的，这也不是我想描述的
我和你的样子
雨在昨夜下过，其中一些
落进你少年的梦中
梦中，你拼命抓住考题，作业
你拼命
想看见花开
雨水滑过睫毛栅栏
我在梦外
守着你，但守不住雨水
——这也不是
我描述的，我的样子
你经历我从前没有经历的生活
所以你不可能成长成我
有一天
你会像我一样不知所措，像我一样
担忧，沮丧，挫败……

那时，你和我的样子不同
但相似——
你会想起我，而我想起我的母亲。

春天里

河流似离弦。草木如归箭。
一正一反
消融了去冬之雪。

二月，荒野不荒。
小桥在村口，识得故人。
野花开，野花不乱，野花一直
把我们领到墓碑前

父亲在地底。
二月。
他不说话。他很久无人说话，已经不会
说人间的话

他看着我们
想起什么，就冒一冒青烟。

异乡人

我不会说上饶话
不会说嘉兴话
不会说杭州话
不会说武汉话
不会说北京话

这些地名，都是我生活过的地方……

父亲，我在上饶
在你的坟前
我把《我说嗯》给你看
把《余音》给你看

火苗在朗读，我不知道
你是否听得懂

因为你从不在，这些年
我四处辗转
把石头看成月亮，把月亮看成
最深情的石头

你一直在。

我什么话都不会说，什么
也不想说

麦田青，火苗红
中间的沉默

是我……要和你说的，心里话。

一部分

蚂蚁越过刀锋，为了砧板上
遗落的肉屑
有时我确实遗忘了一只蚂蚁的力量
一群蚂蚁的力量
天在下雨
刀背闪着光
它们在我的诗歌里，各自为政
有各自的使命
它们在相遇的一刻
充满敌意，又相互原谅
成为我能感受
却永远说不清楚、日常的一部分

雨落下来
这让我安心，放心

确实是，蚂蚁越过刀锋
刀锋擦亮了雨水

我和雨水，紧张，对峙，凝望：
是中年的一部分。

雨弹奏树叶

雨弹奏树叶，会发出一种光
我有多年没有见过这种光
微弱，执着
仿佛是父亲，从颤动的树叶走出
他已不再像从前一样
担心我
一如我不再问
父亲，在另一个世界是否安好

雨继续弹奏树叶
发出一种

——我和父亲，才懂的光芒。

黄　昏

躺在山坡上，看一朵云逝去
又一朵云飘来。恍惚间，像一个个我
在归来，在消散
那么多个我，汇聚成今天的我，风吹衣袂
心不动——
山下，银杏、水杉、香樟
相约着落叶，它们比我更懂得放弃，枝丫伸
进天空
不是索取，也不是
指责，更不是别的什么——
此时的黄昏多么寂静
落叶多么寂静
我偶尔会起身，走在夕光迤逦的寂静里……
成为一种声响

星　辰

如果我明白了星辰在屋顶
走动的善意
知道它，它们在更高处
高于我所见，所知
山顶的积雪
一边融化，一边被星辰抚慰

——我就知道，河流从远古
流到至今

河流远去，带着雪的清新
睡梦之中

我看见星辰走动，看见星辰
在屋檐上走动

我就知道，我成为其中的一颗：
——是为了什么。

设 想

设想我死了，你们替我活着
爱我的人和我爱的人从千里之外
赶来
忍不住泪水
那时该有一个黎明，从山崖花的山巅
送出小溪
该有一朵玫瑰，写着我的名字
该有一片白云，停在半空
如果荆棘鸟
忘了替我伤心
该有一个人，想起我的领土
为我轻唱起祖国
该有一首诗，因为我的缺席
而永远未完成

为你奔赴而来，你就是星辰大海

时间：2021 年 12 月 12 日

主持人：灯灯

地点：在各自家中，通过网络对谈

一

灯灯：很多年前，唐果有首诗叫《我想克看你》，当时我就感觉“克”这个方言的融入使这首诗非常鲜活、亲切，让人过目不忘。2018 年，我在首都师范大学当驻校诗人期间，唐果也在北京上苑艺术馆当驻馆艺术家，有一次，她来学校看我，在宿舍雪白的墙上画画，边上还用蓝色的油彩写了一行字：我想克看你。

人的缘分真是很奇怪啊，想想我们四个人个性完全不同，这么多年来，却一直在一起玩一起疯一起闹一起写诗，我有时很好奇，我们是怎么走到一起的呢？

唐小米：我觉得是一种奔赴吧。你这么一说倒让我想起和你们的初次相遇。咱们四个中虽然我年龄不是最小，却是写诗最晚的一个，我写诗的时候你们的名字就已经如雷贯耳了，我先在一些诗歌论坛和刊物上认识了你们，我是你们的粉丝，崇拜你们。从那个时候我就在努力向你们靠近啦。有一年唐果在北京培训，那时候还没有高铁，我坐了三个多小时的客车去北京看她，那是我和她第一次见面，我很兴奋，她一开始很客气后来也兴奋了。然后参加第28届青春诗会见到灯灯，我很兴奋，灯灯一开始很客气，但临别的前一个晚上，我和唐果搬着被子睡到了灯灯床上，三个人说了一晚上话，她也很兴奋了，我才知道灯灯原来那样率真。然后是华姐，我们俩见面是在我们县，我作为当地诗人接待外地诗人，人很多很乱，而且那时我对她多少有一些误解，所以华姐很兴奋我很客气，哈哈哈，后来机缘巧合一次又一次见面，才知道她那么温暖，实在，令人依赖。想起这些时我心中都溢出了春意。这不就是一群人的奔赴、投入？

唐果：我不是个主动的人，不管在友情上还是爱情上，和你们的友谊也许是前世的缘分延至今生。估计前世我们就是铁杆，但毕竟都是喝了孟婆汤过来的，寻找起来比较困难，好在是终于找到了。长久的友谊需要大家一起维系，除了日常在群里打情骂俏外，择时奔赴也是需要的。

阿华：刘索拉曾经说过："你有什么样的气场，就会吸引什么样的人——你活着，因为你有同类。"我在很多场合引用过刘索拉的这句话。我想，是你们强大的气场吸引了我，我以是你们的同类而自豪。

一年前我曾经送过灯灯和唐小米每人一本《女朋友们》，这是由宁远、杨菲朵和尤琳合著的一本书，送书给你俩，是想表达我的一个想法：一生当中，有几个热气腾腾的朋友真好啊。

唐小米：感觉诗人的友谊就像多了一条通道，就像一个孤单了很久的人去寻找心灵的归宿那种。一个蚂蚁掉队了，她的同伴在云南在浙江在威海……她就要去找，找到了就充盈了饱满了。虽然瞬间欢愉之后也许又重陷孤独，但片刻那么灿烂。在我的生活里，诗歌是我通向自由的一条路，你们也是如此，在你们面前，我是自由的，透明的，愉悦的。我们之间不需要更多言语，静静地坐在一起就好。这感觉很奇妙。

灯灯：说到奔赴，想起一首歌《星辰大海》，里面有一句歌词："为你奔赴而来，你就是星辰大海。"这句歌词，说的就是我们啊。我们四个虽然个性不同，但都有一个内在深情的向度，我们都有互相奔赴又共同奔赴的那个点，那个方向。

阿华：是啊，我们每个人都要经历出生、成长、年迈、死亡，普通人的一生也是我们的一生，但我们因为有了诗歌，有了一同乘风破浪的姐妹，有了相互的奔赴，我们的一生也就有了不一样的意义。

灯灯：你们身上都有吸引我的地方，华姐特别朴实、善良，为他人着想。我特别喜欢发呆的阿华的状态，在那个时候，我感觉她才是诗人阿华。因为在她的眼神中，你可以感觉到那种叫"热爱"的东西，那种叫"远方"的东西。小米特别热心，做事非常周全，有时我有心疼的感觉，为什么事事都要做这么好呢？那次在鲁院诗人研修班毕业前夕，阿华跑出去了，小米知道阿华安全后，哭了，当时我特别感动。

阿华：是呢，我到现在都为那次出走感到内疚，在你和小米面前，我太任性了。

灯灯：华姐不是任性，是撒娇，哈哈。说到唐果，我一直感觉她身上有很多人都缺乏的勇气，包括我在内。虽然这些年我也有生活在别处的经历，比如在武汉，在北京，在杭州，在嘉兴……很多时候，我像多数人一样安于我的生活，很少主动去选择，但是唐果不一样，她是一个知道自己想要什么、想过什么生活的人。当年她果断辞职，放弃了一份很好的工作，从芒市来到昆明，我记得我问过她，为什么好好的要辞职了呢？当时她说："我不想过一眼望到底的生活。"这句话当时给我很大的触动，因为我想，我大概就是在过着一眼到底的生活吧。如果我们把这称之为精神的话，它也反映到她的诗歌里面，一种不屈和勇于探索的部分，所以我觉得她这一点非常吸引我，当然，吸引我的，还有她身上一些尚存的天真和好奇。

阿华：我身上缺少唐果的那种勇气。很多时候都是生活在选择我，而不是我在选择生活。

唐小米：咳，这一点我和华姐差不多，在生活中我也缺少勇气。我这人其实特别爱哭，脆弱得很，而且我内心觉得自己颜值和实力都不怎么样，我自卑呀，有时候就用嘻哈和强势来掩盖一下。

我还是跟你们表白一下吧。在我心里，华姐温柔深情，对每个朋友都倾其所有，那次因为改回程的事和她吵起来，她也不解释，只是默默流眼泪。但最后还是原谅了我，一直以来不管我说了啥她都会原谅我，所以跟她会任性些。我觉得她太实在，就老是想去保护她那种。灯灯看起来酷酷的，其实很有小女人的一面，每次出门前，最磨蹭的就是你了灯灯，那些小配饰啊，包括衣领衣角呀都要整理了再整理，典型的完美主义者。有一件事让我特别感动，不知道你还记不记得，有一年我去北京复查，你们去北京看我，我们坐地铁出行，地铁上人很多也没有座，是灯灯挺身而出，对一个年轻小伙子简单说了几句，请他给我让个座，他就真的把座位让给了我。也许在很多人看来这是一件很简单的事，但我做不到，灯灯做了。唐果呢，是看起来冷清但心里有火山的人，很单纯，是个小马虎，每次出门我跟在她身后就能收获满满，她一会丢下一个价值不菲的梳子，一会丢下一条手链项链，丝巾钱包更不在话下，反正五花八门啥都丢。哈哈，你们这些事都是我生命里的点滴了。

灯灯：天哪，小米的记忆简直了。感觉我们三个人马上就要有新外号了：大深情，小酷酷，小马虎……我这么爱美的小细节，能不能不要给我曝光啊？

唐小米：那不行，好不容易表白一回，我可不能放过这些。嗨，灯灯，说到唐果辞职一事，我想起来我们还吵过。

灯灯：我倒是支持她辞职，她在做我想做却没有做到的事。

唐小米：我是不支持的，我觉得就要退休了，有些事可以退休了以后干呀。

唐果：我是 45 岁时从单位辞职的，如果征求意见的话相信有 90% 的人都会劝我不要辞职。但奇怪的是，我告诉父母我辞职了，他们没有反应，他们没有任何反应。不管我以什么为生，总是要活下去的吧。上班能活下去，不上班也能活下去。上班的路这条路我走了二十几年了，何不换条路走走呢。我的底气是，无论如何一个大活人总不至于饿死，换一条不同的路走走，可能会发现点不一样的东西。体验人生却不混吃等死，包括写诗，也是体验人生的一种。作为读者的时候，你希望在别人的作品里发现新鲜的东西，作为写作者的时候，希望自己的作品有新的表达。如果一个人的生活轨迹发生改变，那么他的思想会不会跟着发生改变呢？我想，当一个人脱离既定的轨迹后，肯定需要被迫地去面对一些新的东西。

灯灯：我觉得唐果是真正知道未来险途或绝境，而且勇于去承受的人。她是一个真正向失败去要生活的人，所以她的作品跟我们是不一样的，她是用生命体验去抒写去冒险，前不久我看到沈浩波在“磨铁读诗会”公众号上对唐果的点评，他说：“唐果写的是真正的生命之诗，充满生而为人的那种灵魂之钝痛。作为朋友，我宁愿她不写这样的诗；作为同行，我又应该为这样的诗向她致敬。”我比较认同这个说法。

唐果：辞职到现在有四年半，稳定的生活变得动荡（其实也不算动荡），经济上的压力也有，但是思想上的压力基本没有了，体现在作品上，觉得越发地“垮”了，越发不在乎别人的看法，更注重自己的表达，反映在写作上，我觉得比以往自由了那么一点点。

灯灯：我们四个人的写作方式不同，其实性格上我和小米有些部分还挺像的。比如说我们喜欢付出啊，喜欢照顾别人，但这其实，恰恰是内心有种欠缺感的表现。我的这部分欠缺可能来自童年的经历，我不知道小米的来自哪里？看起来我们都是比较强大的人，似乎也是能够给别人带来能量的人，但是很多时候我也是脆弱的。这两年，我感觉自身到了一个相对开阔的地带，自然，自在，自足。我想这些都是自然给予我的，我在长期的自然行走中，不断和自然对话，不断在自然中获得启示和能量。我真正体会到了，万物如镜，万物都是自己，草木是我，飞鸟是我，花朵溪流是我……所有存在，都是我。

唐小米：各自的经历造就了各自的诗歌风格。可能我们每个人身上都有彼此欣赏和需要的特质。如果我们四个组合成一个人，会很完美吧，哈哈。

灯灯：如果把我们四个人组成一个人的话，我们或许就没有朋友了，正是因为我们身上都有各自闪光的地方，也有黯淡的地方，然后我们才可从朋友们身上，看见自身，也珍爱他人。而那些善意的东西，暖意的东西，或许才能够体现得更好一些吧。

二

灯灯：我一直想问小米和阿华一件事，我记得在 2017 年在鲁迅文学院，你们有天特别兴奋，说要去参加李修文的《山河袈裟》分享会，尤其阿华，眼神里是满满的幸福感。我就特别想知道，你们去参加分享会，这本书它吸引你们的是什么呢？我想和大家聊聊里面提到的一句话：“这世上，除了声光电，还有三样东西——它们是爱、戒律和怕。”

阿华：李修文在《山河袈裟》讲的都是小人物的故事，但是有温度，他写出了普通人的情感和尊严。

唐小米：我喜欢李修文哈哈。

阿华：他里面有一篇《每次醒来，你都不在》的文章让我触动，李修文的《山河袈裟》写了那么多感人的故事，可是没有哪个故事能像《每次醒来，你都不在》这篇文章如此让我感同身受。

灯灯：我后来也买了这本书，我喜欢这本书的原因，一是因为这本书所散发的古典汉语之美，二是书中写的都是小人物，李修文把小人物的尊严、存在、以及爱都写得淋漓尽致。

唐果：就物质层面，声光电是很重要的，但是后面三样东西，我觉得就一样吧，爱很重要。

阿华：三样都重要吧，不过我觉得这戒律和怕表达的意思是不是重复的？

灯灯：是关联的，感觉上。怕和戒律不同，怕是内在，戒律是行为。

灯灯：但其实我觉得戒律也好，怕也好，都是要回到爱里面去，因为当你知道戒律了，知道怕了，你就会更好地去爱，这个也是我在自然中行走时所获得的经验。对我来说，我的敬畏感比较强烈，我们是否想过，对于伤痕累累的地球，我们做过些什么？就自然而言，我们没有畏惧感，毫无节制。

唐果：没有节制的掠夺，不爱护自然，归根结底只有一个原因：不够爱，或者是不爱，不会爱，不懂什么叫爱。

唐果：我想起了一件事，今天昆明有点儿冷，进店的人很少，一个小女孩儿自己进来了。她说妈妈在洗车，叫她来店里等她。我对小女孩没有印象，她说她和妈妈一起到店里买过衣服，我还是没有印象。我们俩一起烤火，过了大概半小时，外婆来把她带走了。烤火时我拿西毒何殇编的《给孩子读的诗》让她看，临走时，她说她喜欢这本书，让我给她，我就给她了，相比而言，她比我更适合这本书。谈到这件事的意思是，一个人的存在是什么样的，它就会吸引什么东西靠近。比如灯灯，她是一个心地纯良的人，不管是对人、动物、昆虫，都抱持一颗善心，灯灯待的地方，附近不管是什么东西，它们都能感受得到。所以灯灯接近蝴蝶，去拍它们，它们都不会觉得害怕，完全当灯灯不存在，交尾的继续，玩耍的继续。

阿华：是的，我记得灯灯曾经说过，人是有气场的，发出什么，就吸引什么，我们对美好心存执念，并相信且做最好的自己，终能遇到最好的人。

灯灯：阿华姐和唐果其实说的是一回事，然后我们再回到这个问题上来，其实仍然是爱，你对人是爱，对植物、昆虫，对万物都是爱，这就是万物同源的道理。

唐果：灯灯关注自然，阿华关注情感，小米关注个体的命运，于我而言，可能我关注的点更多一些，在我的关注点中，女性是一个重点。我出版的小说集《女流》，看书名就应该猜到了，里面写的都是女性。辞职后开女装店，客户也都是女人。

唐小米：刚才唐果不是提出了一个女性的话题吗？我们不如就聊聊女性话题。

唐果：关于女性的话题，梅依然和灯灯来昆明的时候，我们在宾馆的房间聊过。大体上我和梅依然的观点趋近，和灯灯在某些方面有分歧，就让这个分歧一直保持好了。关注女性的缘由，因为本身我是女人，接触到的女人比男人多，这些年无论出于什么原因，我都见识过或者听到过一些女人的遭遇，可能在外人看来，这没什么大不了的，可我是一个敏感的人，很多人留给我的印象都是“凄惨”，大同小异的凄惨或者凄惨得五花八门。女性在整个社会生活中仍然是一个弱势群体，你也可以把它归之于女性的不努力、不上进、不学习，但你也不能排除“因为她们是女性”这个她们永远也甩不脱的性别属性。说是关注，其实也没有什么用，只能说在面对女性的时候，想到她们身后说不定藏着什么样的遭遇，我能够抱持善意。

灯灯：我并不特别关注性别，可能我更多的关注点在于“人”本身，也就是关注女人，也关注男人，关注所有的存在之人。

唐果：我们四个都是女人，也经常被称为“女诗人”。最开始我是不情愿的，后来想想，性别是你一生下来就定了的，没法儿改变，女诗人就女诗人吧。在二十多年的写作生涯中，能明显感觉到诗歌话语权以前掌握在男性手里，现在掌握在男性手里，以后也会一直掌握在男性手里。

阿华：在写作上，我从来没有这种性别困扰。

灯灯：一如刚才华姐说的，我也从来没有这种困扰，对我来说，没有感觉我作为一个女性是什么不好的事，我感觉在人的层面，每个人都是平等的，为什么女性需要怜悯呢？

唐果：男女平等了？有这种想法的人自然觉得女人不需要怜悯，而我的看法和你恰恰相反。

灯灯：我还是感觉是个体差异，有时候我还怜悯某些男人呢。不是性别的问题，是人的问题。

唐果：性别弱势的问题是存在的，这是有深层次的原因，历史和现实方面的原因。

唐小米：你们所说的性别，是基于什么之上？是写作中对身份的确认吗？还是女权？

唐果：不是女权，是自然属性。写作中不需要刻意确认，但不容回避。不能回避，回避不了。

唐小米：唐果，那你说的关注女性是怎么个关注法？一旦关注就必然要强调了呀。

唐果：不强调，只呈现。比如我会用一首诗来写某位女性，写她们感情、境遇、困惑，我关注这方面多一点。

唐小米：在很多女诗人的作品中我们其实可以看到一种性别塑造，类似于角色设定那种，就是为了塑造一个诗人的人设的诗歌，为了女性而女性的诗歌。还好我们没有。唐果关注的是女性的命运，诗歌中呈现不同女人的命运。华姐是一种自然拥有的母性情怀，深情的伟大的，灯灯是对众生的悲悯，从人的本体出发，无所谓女性男性，而我是服从，命运造人自有其使命。

唐果：你们关注人，我当然也关注人，但是某些时候更侧重女性一点。我在山区待过三十年，有些女人吃饭还是不能上桌的。有一年我去山区，采访的都是女人，她们有的不能上学，有的曾经被人卖到外地后来被公安机关解救回来。我们经常看到孩子被贩卖，女人被贩卖，只有有价值的东西才会被人贩卖。在贩卖过程中，女人的价值体现在她的生育价值上，这是男性不具备的，所以很少有成年男性被贩卖。

又比如，前几天一个女人来我店里，她在附近做康复理疗，做生意失败身上没有多少钱。但她喜欢一件羽绒服，女人看到自己喜欢的东西眼睛会发光的，我就看到了她眼里的光。她最让我感动的是作为女人，在那种不堪的境况下，她仍然爱美，还是想把自己打扮得漂漂亮亮的。一位客人在精神病院工作，她说起女人爱美，即便是精神错乱也是知道的。她们对美的概念体现在色彩上，如果将黑、白色和彩色的东西放在一起，同样的东西，她们只会挑彩色的。在头上、身上挂上彩色的布条，在她们看来，那就是美的。

唐小米：哎呀，听了唐果讲的我很惭愧。其实唐果你不是怜悯女性，你是赞美，因为内心的认同。

灯灯：她是两个向度共同存在，既怜悯又热爱。

唐小米：这是你的品质啊唐果，一个写作者的担当，你很牛啊唐果。

三

唐果：小米，阿华，我想听你俩说说家庭婚姻恋爱与写作的关系哈哈。

阿华：曾经有一段时间，我把诗歌看作我生命的全部，觉得诗歌比家庭重要，比爱情重要，觉得没有写作我会死掉。当然事实证明，没有写作我不会死掉，可是，事实也证明了，写作在我最痛苦的时候，能让我起死回生。

你们也知道，这些年我的生活发生了很大的变化，而这些变化也大都体现在我的诗歌里，给我写过评论的赵月斌老师曾经说过："阿华总是将诗写到肠断，写到心碎，她从抒情对象那里获取的不是向上的动力，而是向下的重压——她挑衅似地与世人分开，与世事为敌，甘愿把自己投入苦痛的深渊。"其实，我不想将诗写到肠断，写到心碎，也不要什么光焰耀目，只是命运轰然坠地，要在我面前撞出一声重重的绝响。

尼采有一句名言："凡是杀不死你的，都会让你强大。"而写作在这时候，真的起到了起死回生的作用，我用一本随笔集《带着你，去旅行》走出了那几年的困境。虽然书至今还没有出版，但它让我的情绪在写作的过程中得到了释放。

每段文字有每段文字的命运，但它们都是我人生路上的放生。文字与我，彼此选择。现在，我愿意让文字把我带回到孤独的辽天阔地。我是个宿命主义者，相信命运在安排着人生的一切。有时想想，也许正是那些磨难和孤独，让我长成了一棵大树。而我的爱人用离开来成全一个现在的阿华。

人总是要经历一些事情，才会慢慢地长大，而年龄长了，人也是慢慢往回收的。如果没有什么大的变动，我以后的生活基本就是这样了：上班，写作，旅行，偶尔和女友喝喝茶，聊聊天，说一说我们各自在写作中的困惑。有时也许还会远赴千里，和你们见个面。这样的生活简单，但却是我所喜欢的。这些年，我不再喜欢无效的社交，相信好的朋友关系，就是有差不多的价值观和理念，即使很长时间不联系，想起来依然心里温柔。

唐果：阿华性格朴实，我想知道，你是怎样写出浪漫灵性的文字的？

阿华：我觉得性格的朴实与文字的浪漫灵性是不矛盾的，就像我在单位从事的是会计的工作，但我却可以写出感性的文字。

阿华：十多年前，我曾经在《爱人》杂志发过几篇爱情小说，我把小说写得很唯美，一次同学聚会中，她们问我经历过那样的爱情吗？我说正因为没有经历才会无限地想象，其实我心里是个特别浪漫的人，虽然我经历的生活并不浪漫。

灯灯：那你的浪漫是从哪里来的？

阿华：我的浪漫来自心里，心里的浪漫。如果碰到对的人，这些浪漫就激发出来了，比如遇到你们，我就很能煽情。而在其他时候，我是个很无趣的人。

灯灯：“激发”这个词很好，我们是互相激活，成为可爱的人。这个问题引申出一个新话题，也就是前面说的，遇上对的人，美好和趣味都出来了。

唐果：我也是个无趣的人。

灯灯：我一点没感觉你们不好玩，唐果特别好玩，有意思。华姐特别可爱。

灯灯：华姐在我们面前，很多时候都像一个要棒棒糖的小女孩。

阿华：因为你们是我所遇到的对的人啊，要知道啊，被爱才是成年人变为小孩子的唯一途径，哈哈。我比你们年长，但一直是你们带着我玩，是你们让我重新变得柔软，只有在你们面前，女性的特征才又重新回到身上。

唐小米：哎呀妈呀，华姐也太会煽情了。

阿华：我要感谢灯灯、小米和唐果。你们像花儿一样开放在祖国各地，有时候喝了酒，我就会想起你们，当然，不喝酒的时候也想，一个两个三四个人，你们对我都是贴心贴肺地好，一想起你们，我便觉得世界依旧以温柔对我，便觉得生活还不是那么坏。

阿华：还有，你们都有着金子般的品格，让我能以你们做参照物，有力量来修正自己，你们身上的透明、空彻、灵慧，你们身上的绵厚、仁慈、善良，让我不时地检省自己。感谢你们，指明了我未来的方向。哈，我又煽情了。

灯灯：相逢的意义在于彼此照亮，这种女性之间的情谊，让我们都成为了我们想成为的那种人！

后 记

2021年5月，我和小米、唐果商定去山东威海看阿华，我们谁也没想到这次短暂的聚会，会催生出一本诗歌合集的到来。我们谁也没想到，当我们在威海湛蓝的海水面前，戴上阿华给我们准备的六一儿童节的红领巾，和海鸥一起在风中展翅飞翔，我们会以另一种形式，在回来的日子里，继续在同一本书里，以我们的诗歌，以我们在人世活着的态度，以我们的笑和泪，继续飞翔。

我是记得的，5月29日，我们在大海面前，像真正过六一的孩子，领到了阳光的馈赠，领到了海风的馈赠。海浪一波一波涌上来，像所有我们一起走过的日子，我们，也领到了深情的馈赠。

想想这些年，我们四个人天南海北，而我因为各种原因，在不同的城市工作生活，而无论我在哪里，她们不远千里来看我，她们身上闪烁的温情、良善以及对待人世的勇敢，永远让我热泪盈眶，感受到人间值得！想起山河万里，我们四个人，再远都是近邻。世间不易，最珍贵的仍然是情，是情谊。

从威海回来的一个月后，我们决定出这本合集，起源来自小米把我们的合影和五年前的合影发在朋友圈，周所同老师留言：在银子一边闪光、一边生锈的年代，你们的友谊与真情多么珍贵！

对于这本书，想要说的话很多，更多要说的话，在诗集里。感谢周所同老师亲自作序，感谢责任编辑谈骁先生，在诗集日益出版困难的情况下给予我们的支持！感谢亲爱的我们自己，因为诗歌，我们没有活成我们不想成为的人，当然，更要感谢正在阅读的你，还有你。

写完以上文字，我的窗外正飘着细雨，在雨雾笼罩下的江南，显得寂寥又冷清，也愈发感觉人之渺小，生之艰难。

无论如何，世间万相，我们仍然选择“信”。这个“信”，是“相信”的“信”。

灯灯

2021.12.16 于嘉兴